ELFIEBER GRUSELFIEBER G
RUSELFIEBER GRUSELFIEBER
GRUSELFIEBER GRUSELFIEB
ER GRUSELFIE
EBER GRUSELFIEBER
FIEBER GRUSELFIEBER GRU
ELFIEBER GRUSELFIEBER G
USELFIEBER GRUSELFIEBER
GRUSELFIEBER GRUSELFIEB
ER GRUSELFIEBER GRUSELFI
EBER GRUSELFIEBER GRUSE
LFIEBER GRUSELFIEBER GRU
SELFIEBER GRUSELFIEBER G
RUSELFIEBER GRUSELFIEBER
R GRUSELFIEBER GRUSELFIEB
BER GRUSELFIEBER GRUSELF

R. L. Stine

GRUSELFIEBER

Wer die Geister ruft

R. L. Stine

GRUSELFIEBER

Wer die Geister ruft

Aus dem Amerikanischen
von Janka Panskus

OMNIBUS

Der OMNIBUS Verlag gehört zu den
Kinder- & Jugendbuch-Verlagen in der Verlagsgruppe Random House
München Berlin Frankfurt Wien Zürich

www.omnibus-verlag.de

Mit besonderem Dank
an Mr. George Sheanshang

Umwelthinweis:
Dieses Buch wurde auf chlorfrei gebleichtem Papier gedruckt.

Gesetzt nach den Regeln der Rechtschreibreform

1. Auflage 2002

Dieses Werk wurde vermittelt durch die
Literarische Agentur Thomas Schlück GmbH, Garbsen.
Die Originalausgabe erschien 2001 unter dem Titel
»The Nightmare Room 7: The Howler«
bei HarperCollins *Children's* Books,
a division of HarperCollins Publishers, Inc.
Übersetzung: Janka Panskus
Lektorat: Birgit Gehring
Umschlaggestaltung: Helmut Sigerist
Ht · Herstellung: Peter Papenbrok
Satz: Uhl + Massopust, Aalen
Druck: GGP Media, Pößneck
ISBN 3-570-12614-5
Printed in Germany

GRUSELFIEBER 1

Glaubst du an Geister?

Also, ich habe den größten Teil meines Lebens nicht an sie geglaubt. Aber seit letztem Winter *möchte* ich gern an sie glauben.

Das ist mein größter Traum, mein sehnlichster Wunsch. Es vergeht kein Tag, an dem ich nicht daran denke.

Ich möchte einen Geist sehen und ich möchte mit ihm reden. Der Name des Geistes ist Ian.

Ich erinnere mich noch ganz genau an jenen eiskalten Tag im letzten Dezember. Der Schnee lag hoch und war an der Oberfläche eisverkrustet, sodass es knirschte, wenn man darauf lief.

Die Sonne stand tief über den Bäumen und ließ den Schnee glitzern wie eine Silberdecke. Schnee hing auf den Ästen der Nadelbäume und die Hecken waren in Weiß gehüllt.

Ich erinnere mich an die eisige Luft, die auf meinen Wangen brannte, und an die dicken Wattewolken, die wie Schneemänner hoch oben am hellblauen Himmel schwebten.

Die Schlittschuhe in der Hand, liefen wir zum Wellmannsee, der nur einen Block von mir zu Hause entfernt liegt. Eigentlich ist es gar kein richtiger See, sondern mehr ein Teich.

Meine Freundin Vanessa war schon dort. Wir neckten

sie mit ihrem rosafarbenen Skianzug. Rosa, so eine Babyfarbe! Aber das kratzte Vanessa nicht. Sie meinte nur, der Skianzug sei mit richtigen Gänsedaunen und kuschelig warm.

Ich weiß noch, wie Vanessas rotes Haar im Sonnenlicht glänzte. Und wie sich der Schnee in ihren grünen Augen spiegelte.

Dann kam auch noch Scott dazu. Der pummelige, rotgesichtige Scott mit dem schwarzen Haar, das ihm wild vom Kopf absteht wie eine Plüschmütze.

Er wohnt in dem baufälligen alten Haus neben mir. Er gab mit seinem neuen CD-Player an, kickte Schnee auf uns und erzählte blöde Witze.

Eben typisch Scott.

Ich habe Scott nicht gefragt, ob er mit uns Schlittschuh laufen will. Ich kann ihn nicht besonders leiden. Vanessa geht es genauso.

Scott ist laut und ein alter Angeber. Andauernd will er Streit anfangen und Wetten über blöde Dinge abschließen, die keinen außer ihn interessieren.

Manchmal glaube ich fast, Scott hat einen besonderen Radar. Oder er bespitzelt den ganzen Tag mein Haus. Denn egal, wann ich rausgehe, er ist da. Er kommt dann aus seinem Haus gerannt, um sich mir anzuschließen.

An jenem Tag waren wir also zu viert unterwegs. Mein Cousin Ian war der Vierte im Bunde. Er war mit seiner Familie ein paar Tage bei uns zu Besuch, bevor sie zu Weihnachten weiter nach Florida fahren wollten.

Ich freute mich, Ian zu sehen. Er war in meinem Alter, also dreizehn.

Und auch wenn wir uns nicht sehr oft trafen, kamen

wir immer ziemlich gut miteinander aus. Wie zwei Brüder.

Ja, stimmt, ich hab schon einen Bruder. Blödmann Nick.

Nick ist drei Jahre älter als ich. Und er behandelt mich wie ein Insekt, das er am liebsten unter seinem Schuh zerquetschen würde.

Nick sagt, dass in allen Familien der große Bruder der Chef ist und der kleine Bruder der Sklave. Das klingt dämlich, aber Nick glaubt das wirklich.

Deshalb heißt es andauernd: »Spencer, geh in die Küche und mach mir ein Brot.« Oder: »Spencer, ich muss weg. Tipp mir die Hausarbeit in den Computer.«

»Spencer, bring mir eine Cola. Spencer, guck, wer an der Tür ist. Spencer, nun mach schon!«

Nick ist viel größer als ich. Außerdem treibt er viel Sport und ist im Ringerteam an der Schule. Also bemühe ich mich, ihm möglichst aus dem Weg zu gehen. Das ist auch ein Grund dafür, warum ich Ian in Gedanken gerne als meinen Bruder angesehen habe.

Jetzt erinnere ich mich beinahe jeden Tag daran, wie Ian damals mit uns zum See lief. Der verkrustete Schnee knirschte unter seinen Stiefeln. Und die Schlittschuhe, die ich für ihn aufgetrieben hatte, wippten auf der Schulter seiner Daunenweste, als wir die Marlowe Street hügelaufwärts marschierten.

Ian hat mir ziemlich ähnlich gesehen: dunkelbraune Haare, braune Augen, ernstes Gesicht, mittelgroß, ziemlich dünn.

Er war ein Energiebündel. Ständig hüpfte er auf und ab und trommelte mit den Fingern auf irgendwelchen Ge-

genständen herum. Er konnte keine Minute lang still sitzen oder stehen.

Ich weiß noch, wie wir an dem niedrigen Steinmäuerchen vor dem Haus der Faulkners vorbeigingen. Die Mauer war oben vereist. Vanessa, Scott und ich liefen neben der Mauer her.

Aber Ian sprang hinauf, vollführte rutschend und schlitternd einen verrückten Balanceakt und ruderte wild mit den Armen über seinem Kopf herum.

Wir schrien ihn an, er solle herunterkommen. Doch er lachte nur. Er lachte noch immer, als er abstürzte. Zum Glück fiel er mit dem Rücken in weiches, schneebedecktes Gebüsch.

Zum Glück.

Es macht mich richtig traurig, wenn ich daran denke.

Ich glaube, das war das einzige Mal an jenem Tag, dass wir das Glück auf unserer Seite hatten.

2

Ich sehe noch die grauweiße Eisschicht auf dem See vor mir – sie war spiegelglatt. Mehrere Amseln flogen krächzend vom Eis auf, als wir näher kamen.

Ein Schneeklumpen fiel von einem Nadelbaum und zerschmetterte auf der Eisfläche. Ich erinnere mich an das leise *Platsch*, mit dem er aufkam.

So viele Geräusche, an die ich mich von jenem Tag erinnere. Einige sind so schrecklich, dass ich mir am liebsten die Ohren zuhalten und sie für immer aussperren möchte.

Eilig schlüpften wir in unsere Schlittschuhe. Scott ließ uns keine Ruhe, bis wir alle unsere Handschuhe auszogen und über die Kufen seiner neuen Schlittschuhe strichen. Er behauptete, sie seien aus Titan, wodurch sie fester und schneller seien als alle anderen Schlittschuhe.

Ian mühte sich mit einem Knoten in seinen Schnürsenkeln ab. Die Schlittschuhe gehörten ihm nicht. Sie waren von Nick, dem sie aber zu klein waren, und Ian passten die Schuhe nicht richtig.

Vanessa half ihm mit dem Knoten. Dann war sie als Erste auf dem Eis. Vanessa ist eine sehr anmutige Schlittschuhläuferin. Sie läuft Eis wie ein Profi. Überhaupt ist sie die geborene Sportlerin. Sie ist Stürmerin im Mädchen-Basketball-Team der Schule und eine ausgesprochen gute Läuferin.

Aber sie sagt, sie mache sich gar nicht so viel aus Sport. Lieber würde sie im Atelier bleiben, das ihre Eltern für sie in der Garage eingerichtet haben, und malen. Sie will mal Künstlerin werden.

Ich beobachtete, wie Ian rutschend und schlitternd auf den See trat. Seine Beine wackelten wie verrückt und er schlug lachend der Länge nach hin, schlitterte auf dem Bauch übers Eis. »Mit diesen Schlittschuhen funktioniert das nicht, Spencer«, rief er mir zu. »Ich kann sie nicht eng genug schnüren.«

»Warst du überhaupt schon mal Schlittschuh laufen?«, fragte ich ihn.

Er lachte wieder. »Kann man so nicht behaupten!«

Er zog seine Wollmütze über die Augen und dann war

er wieder auf den Beinen und lief schwankend zu Vanessa. Sie nahm ihn an der Hand und fuhr mit ihm langsam über das Eis.

Bald düsten wir alle vier über den See. Ich stemmte mich gegen den Wind und mein Gesicht brannte in der Kälte. Die Hände auf die Knie gestützt, lief ich neben Vanessa und Ian her.

Wir glitten jetzt alle mühelos dahin. Es war ein tolles Gefühl. Der zugefrorene See schimmerte unter uns. Die kalte Luft roch frisch und süßlich und die dicken, weißen Wolken am Himmel sahen wunderschön aus.

»Jetzt fehlt nur noch Musik«, erklärte Scott. Er fuhr rückwärts und zog schnelle Kurven, der Angeber.

Da keiner von uns ein Radio mitgebracht hatte, begannen wir zu singen. Wir sangen ein paar Lieder, die wir aus dem Radio kannten, fuhren dazu übers Eis und lachten immer wieder.

Wann begann alles schief zu laufen?

Ich glaube, es fing an, als Scott meinem Cousin die Wollmütze vom Kopf zog. »Hände weg!«, rief er und warf mir die Mütze zu.

Doch ich verfehlte sie und die Mütze schlitterte über das Eis. Ian und ich stürzten auf sie zu. Aber ich bekam sie zu fassen und warf sie Vanessa zu.

»He – gib mir die Mütze zurück!«, rief Ian. Sein Gesicht war knallrot von der Kälte. Das dunkle Haar klebte ihm feucht und verstrubbelt an der Stirn. Er griff nach der Mütze, die Vanessa ihm lachend vor die Nase hielt und dann Scott zuwarf.

Scott streckte sich danach, verlor aber das Gleichgewicht und die Mütze flog direkt vor Ian aufs Eis.

Der hob sie schnell auf und fuhr von uns weg. »Das war überhaupt nicht komisch«, rief er, beugte sich vor und flitzte weiter.

Er hatte die schwarze Mütze noch immer in den Händen, als das Eis die ersten Risse bekam.

Es gab ein lautes, lang anhaltendes, knackendes Geräusch – noch so ein Geräusch, das ich nie mehr vergessen werde.

Ich sah, wie das Eis unter Ians Schlittschuhen wegbrach. Ich hatte nicht mal mehr Zeit zu rufen.

Vor meinen Augen schnellte eine längliche Eisplatte schräg in die Höhe. Ich sah Ians schockierten Gesichtsausdruck, sah, wie er die Hände hochriss.

Wasser spritzte auf das Eis. Ein weiteres lautes *Knaacckkkk* hallte von den Bäumen wider.

Ian brach im Eis ein.

Es geschah alles so schnell, so schrecklich schnell.

Ich sah, wie seine Beine im Eisloch versanken. Wieder spritzte Wasser auf. Sein Kopf verschwand. Mit den Händen tastete er nach der Oberfläche.

Ians schwarze Mütze lag auf dem Eis wie ein kleines, dunkles Tierchen.

Aber Ian war verschwunden.

»NEEEIIIINNN!« War *ich* das, der da so schrie?

Ich kann mich nicht daran erinnern, geschrien zu haben. Und ich erinnere mich auch nicht, Schlittschuh gefahren zu sein.

Doch bevor ich es selbst merkte, raste ich schon zu der Stelle, wo Ian eingebrochen war, raste zu dem Loch im Eis, um meinen Cousin zu retten.

Und dann war ich auf den Knien, beugte mich über das

Loch, spähte in das dunkle, platschende Wasser. Wieder und wieder rief ich seinen Namen: »Ian! Ian! Ian!«

Ich schrie auf, als seine Hand an der Oberfläche erschien wie ein heller Fisch im dunklen, wogenden Wasser.

Ich packte seine Hand. Sie war schon ganz kalt.

»Ian! Ian! Ian!«

Ich legte mich auf den Bauch und beugte mich über das gezackte Loch. Ich hielt Ians Hand fest. Zog daran, zerrte mit aller Kraft.

Die Hand war so kalt. So schlüpfrig.

»Ian! Ian! Ian!«

Ich hielt ihn. Ich hatte seine Hand und zog mit einem kräftigen Ruck daran.

»Ian – dein Kopf! Wo ist dein Kopf? Heb deinen Kopf aus dem Wasser! Ian – bitte!«

Seine Hand begann, mir zu entgleiten.

Ich packte sein Handgelenk, umklammerte es mit beiden Händen.

»Ian – ich – ich kann dich nicht mehr länger halten! Ich …!«

Wieder ein *Knacken*.

Ich fühlte, wie sich das Eis unter mir bewegte.

Ein dickes Eisbrett schob sich vor mir in die Höhe. Und dann gab das Eis unter mir nach.

Ich schrie entsetzt auf.

Verzweifelt bemühte ich mich, Ian weiter festzuhalten. Ich kämpfte mit all meiner Kraft. Aber Ians Hand rutschte weg. Die Bewegung war so leicht, dass es nicht mal *platsch* machte.

Und dann fiel ich. Kopfüber. Fiel kopfüber in das dunkle, eiskalte, wirbelnde Wasser.

Das Letzte, was ich sah, war die schwarze Mütze, die noch immer auf dem Eis lag. Ians schwarze Mütze lag da, sicher und wohlbehalten. Ich stürzte hinab.

Hinab … hinab in die Dunkelheit.

3

An den Rest kann ich mich nicht erinnern. Alles ist nur ein kalter, verschwommener blauer Schleier.

Ich erinnere mich nicht daran, wie ich aus dem Wasser gezogen wurde. Ich erinnere mich nicht an die vielen Menschen aus den umliegenden Häusern. Die Polizei. Die Feuerwehrmänner. Meine weinenden Freunde. Meine panische Familie, die ohne Mützen und Mäntel über das Eis lief.

Als ich sicher und wohlbehalten zu Hause war, erzählten sie mir die Geschichte meiner Rettung. Aber ich konnte mich nicht daran erinnern.

Ich erinnerte mich nur an Ians Hand, die so geräuschlos wegrutschte. An das kalte, harte Aufklatschen im Wasser. Und die schwere, dichte Finsternis, die um mich herum zunahm. Die mich tiefer … und tiefer zog.

Das ist alles. An mehr kann ich mich nicht erinnern.

Ich kam nach Hause und Ian nicht.

Seit jenem Tag im letzten Winter war ich nicht mehr am See. Ich *kann* einfach nicht mehr an den See gehen.

Meine Freunde sind im Sommer noch immer zum Schwimmen dort.

Und nun, da es wieder Winter geworden ist, bevölkern Schlittschuhläufer die gefrorene Oberfläche.

Von meinem Zimmer aus kann ich den See sehen. In manchen Nächten schaue ich zu ihm hinüber und sehe, wie er im Mondlicht schimmert.

Und dann fühle ich mich ganz traurig… todtraurig. Ich muss mich wegdrehen und die Jalousien runterlassen.

Ich werde nie wieder dorthin gehen. Niemals.

Seit jenem Tag möchte ich an Geister glauben können.

Von ganzem Herzen wünsche ich mir, dass es Geister wirklich gibt. Ich will Kontakt zu einem Geist aufnehmen, will mit ihm sprechen. Ich will Ians Geist finden. Ich muss *unbedingt* den Geist meines Cousins finden.

Denn ich möchte ihn wissen lassen, dass ich jeden Tag an ihn denke. Und ich will, dass er weiß, wie sehr ich mich bemüht habe, ihn zu retten.

Weiß er, dass ich es versucht habe? Weiß er, dass ich mein Leben für ihn riskiert habe?

Verzeiht er mir, dass ich ihn nicht herausgezogen habe?

Ich habe das ganze letzte Jahr damit verbracht, ihn zu finden.

Meinen Eltern habe ich das natürlich nicht auf die Nase gebunden. Ich will nicht, dass sie sich Sorgen um mich machen.

Wenn sie in der Nähe sind, tue ich immer so, als sei alles in bester Ordnung. Aber ich will meinen Cousin unbedingt finden.

Und jetzt habe ich ein kleines Gerät entdeckt, mit dem

ich es vielleicht schaffen kann. Es handelt sich um einen so genannten Geisterdetektor, den ich im Internet bestellt habe.

Der Geisterdetektor ist ein viereckiges graues Kästchen mit einem Knopf und ein paar Lämpchen. Er sieht so ähnlich wie ein Modem aus.

Ich habe eine ganze Weile gebraucht, das Ding an meinen Computer anzuschließen. Das Verbindungskabel hat nicht richtig gepasst. Aber schließlich habe ich es dann doch geschafft und sofort begann das grüne Lämpchen auf dem Kasten zu blinken.

Ich setzte mich an die Tastatur und begann, die Codes aus der Gebrauchsanweisung einzutippen.

»Es wird nicht funktionieren, Spencer«, sagte Vanessa. Sie hatte sich über meine Schulter gebeugt und seufzte. »Du musst endlich aufhören, dir immer diese verrückten Apparate zu kaufen.«

Ich tippte weiter, die Augen auf den Bildschirm geheftet. »Aber ich habe es vom Geisterwarenhaus«, erwiderte ich. »Angeblich ist es dasselbe Gerät, das auch in *Ghostbusters* verwendet wurde.«

»Das war ein *Film*!«, wandte Vanessa ein. »Nicht die Wirklichkeit! Das waren nur Spezialeffekte.«

»Ich weiß«, sagte ich. »Aber was ist, wenn …«

Vanessa drehte meinen Schreibtischstuhl herum, sodass ich ihr ins Gesicht sehen musste. »Spencer, du musst endlich damit aufhören«, redete sie auf mich ein. »Wie viel Geld hast du schon für diese verrückten Geister-Suchmaschinen ausgegeben? Du kaufst diese Geräte und steckst deine ganzen Hoffnungen in sie. Und dann bist du jedes Mal total enttäuscht.«

»Ich weiß, ich weiß«, stöhnte ich. »Aber was ist, wenn es diesmal doch klappt?«

Ich drehte mich wieder zum Computer rum. Die grünen und roten Lämpchen auf dem Geisterdetektor blinkten jetzt wie verrückt. Der Bildschirm leuchtete gelb, dann schwarz. Gelb und wieder schwarz. *Komm schon – funktioniere!*, betete ich im Stillen. *Bitte funktioniere!*

Die Lämpchen blinkten wild.

Vanessa seufzte wieder. »Das ist doch total verrückt, Spencer. Du verschwendest deine Zeit und das weißt du.«

»Schau dir den Bildschirm an«, sagte ich und deutete darauf. »Guck. Irgendwas nimmt da Gestalt an.« Ich schob mich so nahe wie möglich an den Monitor.

»Spencer! He – Depp!«

Nicks Rufen ließ mich zusammenfahren. Depp, so nennt er mich, wenn er nett ist.

»He – Depp!«, rief er aus seinem Zimmer hinaus in den Flur. »Lauf runter und mach mir sofort eine Schüssel Cornflakes.«

»Ich bin … beschäftigt!«, schrie ich zurück.

»Nicht zu viel Milch!«, rief Nick. »Ich mag sie lieber trocken. Mit viel Zucker.«

»Warum kann er sich seine Cornflakes nicht selber holen?«, flüsterte Vanessa und zog ein empörtes Gesicht.

»Weil er das nicht muss. Er hat ja mich«, flüsterte ich zurück.

»Etwas Beeilung, wenn ich bitten darf, Depp!«, plärrte Nick.

Ich beobachtete, wie sich die Schatten auf dem leuchtenden Bildschirm hin und her bewegten. »Momentchen noch!«, brüllte ich.

»He!«, rief Nick. »Wie hättest du deine Nase gern: Soll sie nach unten oder nach oben zeigen? Ich werde sie dir nämlich gleich polieren!«

»Ist ja schon gut!« Ich sprang auf die Füße. Ich wusste, dass Nick keinen Spaß machte. Er würde liebend gern mit meinem Gesicht herumexperimentieren und ein Ohr an die Stelle versetzen, wo eigentlich meine Nase ist.

»Lass den Bildschirm nicht aus den Augen«, wies ich Vanessa an. Ich rannte in die Küche hinunter, machte meinem Bruder eine Schüssel Cornflakes zurecht, häufte drei Teelöffel Zucker darauf und goss einen kleinen Schuss Milch darüber.

Dann rannte ich keuchend wieder nach oben und in sein Zimmer. Nick lag ausgestreckt auf seinem Bett und las in einer Sportzeitschrift. Er nahm die Schüssel mit einem Grunzen entgegen. Ohne ein Dankeschön. Nick bedankt sich *nie.*

»Raus aus meinem Zimmer«, murmelte er. »Wie oft muss ich dir noch sagen, dass du nicht in mein Zimmer kommen sollst?«

»Aber bitte, gern geschehen«, erwiderte ich bissig.

Ich eilte zurück in mein Zimmer und knallte die Tür zu. »Hat sich irgendwas getan?«, fragte ich Vanessa und schob sie von meinem Schreibtischstuhl.

»Alles Schwindel, Spencer«, sagte sie. »Es sind nur gespenstische Farben auf dem Bildschirm zu sehen und die Lämpchen blinken. Sonst nichts. Man kann damit keine Geister aufspüren.«

»Na ja … dann muss ich eben was anderes ausprobieren«, sagte ich. Ich schlug die Bedienungsanleitung auf und fand ein paar weitere Codes. Als ich sie eintippte, begann das kleine graue Kästchen zu brummen. Die Lämpchen blinkten hektisch.

»Gib's auf!«, stöhnte Vanessa. »Es ist wieder nur Schwindel. Nichts als ein großer Schwindel.«

»Nein, warte«, beharrte ich. »Auf dem Kästchen steht, es funktioniert garantiert. Du musst nur ein bisschen Geduld haben. Gib dem Detektor eine Chance. Gleich passiert was.«

Das Kästchen brummte lauter.

Dann begann ein gelbes Lämpchen zu blinken.

Der Bildschirm blinkte nun ebenfalls.

Hinter mir hörte ich ein *Klicken.*

Und ein *Knarren.*

Ich wandte mich zu Vanessa um – und etwas hinter ihrem Rücken erregte meine Aufmerksamkeit. »Sieh nur …«, wisperte ich.

Sie drehte sich um und wir starrten beide auf meine Zimmertür.

Langsam, ganz langsam glitt die Tür auf.

»Ich wusste, diesmal würde es klappen«, flüsterte ich. »Ich wusste es.«

Mit angehaltenem Atem schaute ich zu, wie die Tür langsam und leise aufschwang.

5

»W-wer ist da?«, stieß ich erstickt hervor.

»Ich bin's«, sagte eine Stimme.

Und herein trat Scott. Er blieb stehen, als er unsere schockierten Gesichter sah. »He, was ist denn mit euch los?«, wollte er wissen.

Vanessa brach in Gelächter aus. »Spencer hat gedacht, du wärst ein Geist«, erklärte sie.

Scott rollte mit den Augen. »Ja, klar doch.« Er ging zum Computer und nahm den Geisterdetektor hoch. »Was ist das? Eine neue Spielkonsole? Was für Spiele hast du dafür?«

»Das ist kein Spiel«, fuhr ich ihn an und riss ihm das Gerät aus der Hand.

»Das ist nur wieder ein neuer Geisterdetektor«, antwortete Vanessa. »Aber er funktioniert nicht.«

Scott ließ sich auf mein Bett fallen. Er nahm mein Kissen und zerknautschte es. Dann hüpfte er auf der Matratze auf und ab, während er auf den Bildschirm starrte.

»Warum vergeudest du deine Zeit, Spencer? Ich sage dir doch, bei mir zu Hause spukt es. Da wimmelt es von Geistern.«

»Scott, bitte fang nicht wieder damit an«, bat ich.

»Ja, Scott«, stimmte Vanessa mir zu. »Verschon uns damit.«

»Aber es ist *wahr*!«, protestierte er.

Gleichzeitig mit meinem neu erwachenden Interesse für Geister begann Scott damit zu prahlen, dass es bei ihm zu Hause spukt. Ständig kam er in die Schule und erzählte allen, wie ihn ein Geist die ganze Nacht wach gehalten oder wie er einen Geist im Keller oder auf dem Dachboden entdeckt habe.

Ein paar Kinder glaubten ihm. Aber mir war klar, dass er log. Ich hatte ihn durchschaut. Scott wollte nur die Aufmerksamkeit auf sich ziehen. Er musste immer der Erste sein, der dies oder jenes tat.

Und jetzt wollte er sichergehen, dass er der Erste war, der einen Geist gesehen hatte.

Eigentlich war das ziemlich traurig. Warum musste er immer im Mittelpunkt stehen? Warum hatte er das Gefühl, lügen und prahlen und Geschichten erfinden zu müssen, damit andere ihn mochten?

»Komm her«, sagte Scott und sprang vom Bett auf. Er warf mein Kissen gegen die Wand, dann zog er mich vom Stuhl hoch und zerrte mich zum Fenster.

»Guck dir mein Haus genau an«, sagte er, nahm meinen Kopf in die Hände und drehte ihn so, dass ich auf sein Haus sehen musste. »Schau dir die kaputten Fensterläden an. Die verblichenen Schindeln. Das durchhängende Dach. Das dunkle Dachfenster. Es sieht doch wirklich wie ein Spukhaus aus oder nicht?«

»Es sieht nur alt aus«, entgegnete ich und drehte meinen Kopf ruckartig herum, um mich aus seinem Griff zu befreifen. »Nur weil es alt und heruntergekommen ist, heißt das noch lange nicht, dass darin spukt, Scott.«

Er stöhnte, ließ aber meinen Kopf nicht los. »Sieh's dir genau an«, beharrte er. »Ehrenwort, ich habe da drinnen Geister gesehen. Ich kann nachts hören, wie sie auf dem Dachboden herumpoltern.«

»Lass mich in Ruhe«, seufzte ich.

»Ja, lass uns beide in Ruhe«, schaltete sich Vanessa ein.

Scott hatte keine Ahnung, wie ernst es mir war. Ich konnte es nicht länger ertragen, seine erfundenen Geistergeschichten zu hören. Und so beschloss ich, seinem Geistergequatsche ein für alle Mal ein Ende zu setzen.

»Na schön«, sagte ich. »Dann zeig sie uns. Zeig uns deine Geister – jetzt gleich.«

GRUSELFIEBER 6

Scotts Wangen färbten sich rosarot. »Äh … jetzt gleich geht's nicht«, sagte er und starrte zu Boden.

»Wieso nicht?«, wollte ich wissen.

»Meine Mom hat ihren Literaturklub zu Besuch«, erwiderte er. »Und ich soll sie nicht stören.« Er schob die Hände in die Jeanstaschen. »Wie wär's mit morgen?«

Ich schaute Vanessa an. »Passt es dir morgen?«

Sie nickte. »Ich glaub schon. Aber es ist totale Zeitverschwendung. Du weißt, dass es bei ihm zu Hause keine Geister gibt. Er denkt sich das alles doch nur aus.«

»Überhaupt nicht«, erwiderte Scott mit Nachdruck. »Ich werde es euch beweisen. Morgen nach der Schule.« Und damit trollte er sich.

Das graue Kästchen summte. Ich drehte mich hastig vom Fenster weg und sprang zurück an den Computer.

Der Bildschirm war schwarz geworden. Die roten und grünen Lämpchen hatten aufgehört zu blinken.

»Ich kann's einfach nicht glauben, dass du dieses blöde Ding gekauft hast«, fing Vanessa wieder an. »Es ist nur ein Spielzeug. Mehr nicht.«

Ich zuckte die Achseln. »Ist ja auch egal.«

Am nächsten Tag dachte ich den ganzen Unterricht hindurch an Scotts Geister. Ich wusste, es war völlig unmöglich, dass er uns irgendwelche Geister zeigen konnte. Welche Ausrede würde er sich wohl einfallen lassen?

Vanessa und ich standen kurz nach halb vier vor Scotts Haus. Er machte die Hintertür auf und wir traten in die Küche. Ich atmete tief ein. »Wow, hier riecht es ja supergut.«

»Meine Mom macht Brathähnchen«, sagte Scott.

»Mögen die Geister die Kochkünste deiner Mutter?«, fragte Vanessa.

Das war nur ein Scherz, aber Scott antwortete ernst: »Ich hab sie noch nie essen sehen. Manchmal verräumen sie die Teller und wir finden sie in anderen Schränken wieder. Aber Essen hat noch nie gefehlt.«

Ich blickte Scott mit zusammengekniffenen Augen an. Meinte er das wirklich ernst?

Unmöglich, entschied ich. Scott tut schlichtweg alles, um im Mittelpunkt zu stehen.

Und dann hörte ich das Heulen. Es klang hoch und schrill.

Ein gespenstisches Heulen. Ganz nah … so nah …

Mit einem erschrockenen Keuchen drehte ich mich zu Vanessa. Sie hatte es ebenfalls gehört.

Hastig blickte ich mich im Raum um. Und hörte es wieder.

Ein krächzendes Heulen, gefolgt von unheimlichen Kratzgeräuschen. Das Heulen eines Geistes.

Ein weiteres unheimliches Heulen schwebte in den Raum. Dann ertönten neue Kratzgeräusche.

»Scott – lass die Katze rein!«, rief Scotts Mutter aus dem Nebenzimmer. »Sie ist wieder an der Hintertür. Hörst du sie denn nicht?«

»Ich hol sie ja schon, Mom«, rief Scott. Er trottete zur Tür. »Blödes Vieh«, murmelte er.

Ich stieß einen langen Seufzer aus.

Vanessa lachte. »Hast du geglaubt, einen Geist zu hören?«

»Nein, natürlich nicht«, log ich. »Ich wusste, dass es eine Katze war.« Ich konnte fühlen, wie mein Gesicht heiß wurde. Wenn ich lüge, werde ich immer rot.

Ich fühlte mich ein bisschen zittrig. Warum glaubte ich plötzlich, dass Scott wirklich Geister in seinem Haus hatte?

Na ja, wahrscheinlich, weil ich es *so sehr* glauben wollte!

Matilda, Scotts schwarze Katze, lief uns über die Füße, um schnell zu ihrem Wasserschälchen zu kommen. Scott tauchte in der Küchentür auf. »Kommt. Wir wollen die Geister doch nicht warten lassen.«

Wir folgten ihm durch den Flur zur Treppe. Der Flur war lang und dunkel, mit gespenstergrauen Tapeten und wie Kerzen geformten Lampen an den Wänden.

»Scott, wer ist da?«, rief seine Mutter aus dem Wohnzimmer.

»Spencer und Vanessa.« Und dann fügte er mit tiefer Stimme, die gruselig klingen sollte, hinzu: »Sie sind gekommen, um das Spukhaus zu besichtigen.«

»Was?«, rief seine Mutter. »Spuk-*was*?«

»Mom möchte, dass die Sache mit den Geistern ein Geheimnis bleibt«, raunte Scott uns zu. »Sie will nicht, dass irgendjemand davon erfährt.«

»Ja, klar doch«, murmelte ich.

Die Holzstufen knarrten und ächzten, als Vanessa und ich hinter ihm nach oben gingen. »Manchmal höre ich spätnachts Schritte auf der Treppe«, sagte Scott. »Aber immer wenn ich Licht mache, ist niemand da.«

Vanessa schüttelte den Kopf. »Er ist gut«, flüsterte sie mir ins Ohr. »Echt gut. Fast hat er sogar *mich* so weit, dass ich ihm glaube!«

»Aber mich nicht«, flüsterte ich zurück.

Im oberen Flur blieben wir unter einer Falltür in der Decke stehen. Scott griff nach einem herabhängenden Seil.

»Hier geht's zum Dachboden«, sagte er. »Ich glaube, das ist der Ort, wo sich die Geister vor Einbruch der Dunkelheit aufhalten.«

Er zog am Seil und die Tür schwang knarrend nach unten. Auf ihrer Innenseite waren Holzstufen angebracht.

»Vorsichtig. Einige dieser Stufen sind morsch«, warnte uns Scott.

Langsam nahm ich eine Stufe nach der anderen. Sie waren steil, und es gab kein Geländer, an dem man sich festhalten konnte.

Auf halbem Weg drehte ich mich zu Scott um. »Und du behauptest also, da oben sehen wir Geister?«

Er nickte ernst. »Sie sind nicht schüchtern. Und sie haben keine Angst vor uns. Ihnen ist es egal, ob wir sie sehen oder nicht.«

Ich stieg die restlichen Stufen hoch und wartete, dass Vanessa und Scott mir nachkamen. Der Dachboden war lang gestreckt und hatte eine niedrige Decke. Es war ein großer L-förmiger Raum, der nach rechts gebogen war.

Es gab nur ein Fenster und das war mit einer dicken Staubschicht bedeckt. Orangefarbenes Sonnenlicht sickerte hindurch, erhellte aber nur einen kleinen Teil des Raumes. Der Rest des Dachbodens lag im Dunkeln.

Ich blinzelte mehrmals und wartete, bis meine Augen sich an das seltsame Licht gewöhnt hatten. Überall auf dem Dachboden standen Kartons herum und stapelweise Zeitschriften, Bücher und Möbel. Ich entdeckte Sofas und Stühle, die mit Laken verhüllt waren. Sie sahen aus wie Halloween-Gespenster.

Spinnweben hingen an einem alten Garderobenständer, der schräg an einer Wand lehnte. Ein Stapel gerahmter Fotografien stand an der gegenüberliegenden Wand. Die Fotos waren dunkel, das Papier vergilbt und rissig.

Auf einem der Fotos schien uns ein sonderbar aussehender Junge mit einer schwarzen Kappe anzustarren. Er hatte dunkle Ringe unter den traurigen Augen. Sein Gesicht war so runzlig wie eine Backpflaume. Er glich mehr einem Affen als einem Jungen.

»Ist das ein Bild von dir als Baby, Scott?«, fragte Vanessa scherzhaft.

Scott legte den Finger an die Lippen. »Psssstt. Wollt ihr nun einen Geist sehen oder nicht?«

Wir gingen hinüber in den Teil des Raumes, der im Dunkeln lag. Meine Schuhe rutschten auf der dicken Staubschicht, die den Boden bedeckte. Ich stolperte über ein kleines Tischchen, konnte es aber gerade noch festhalten, bevor es umfiel.

Dann bogen wir um die Ecke. Ich kniff die Augen zusammen, um etwas erkennen zu können. In diesem Teil des Dachbodens war es stockfinster.

Scott zog an einer Lichtschnur und eine kleine Glühlampe an der Decke ging flackernd an.

Im trüben Licht sah ich einen alten Schaukelstuhl mit kaputter Armlehne, eine Holzuhr, die auf der Seite lag, einen Stapel Geschirr.

Und dann …

Und dann …

Vanessa und ich bemerkten sie gleichzeitig: Eine alte Frau – mit blassem, gespenstisch blassem Gesicht – stand vor der mit einem Vorhang verhängten Wand. Ihre altmodischen Kleider waren ausgebleicht. Ohne Farbe. Nirgends eine Spur von Farbe.

Mir klappte der Mund auf und ein leiser Schrei drang heraus.

Vanessa griff nach meiner Hand. »Scott hat keine Witze gemacht!«, flüsterte sie.

GRUSELFIEBER

7

Ich schluckte. War das wirklich ein Geist, was ich da sah?

Die alte Frau starrte uns aus glasigen Augen an. Sie schien in die Ferne zu blicken, so als würde sie nach jemandem Ausschau halten.

Völlig regungslos stand sie da. Ihre ausgeblichene Bluse war zerfetzt und fleckig. Ein verblichener brauner Hut bedeckte ihr Haar. Die Hände hatte sie in den zerlumpten Falten ihres langen, altmodischen Rocks verborgen.

»Ich – ich fass es nicht«, murmelte ich und merkte, dass ich zitterte.

Scott langte nach der Lichtschnur. »Lassen wir sie in Ruhe«, flüsterte er.

»Nein, warte«, sagte Vanessa. Sie machte ein paar Schritte nach vorn.

»Halt – stopp!« Scott hielt sie fest. »Geh nicht näher. Sie ist vielleicht gefährlich.«

Aber Vanessa machte sich von ihm los und trat näher an den Geist heran.

»Stopp!«, kreischte Scott.

Zu spät. Vanessa stellte sich vor die Geisterfrau – und zog ihr den Kopf herunter.

»Was?«, stieß ich hervor. »Es ist… es ist nur eine Puppe?«

Vanessa lachte. »Das hat aber lang gedauert, Spencer!«, erklärte sie. »Ich wusste auf den ersten Blick, dass es eine Puppe ist!«

Scott prustete los. »Du bist mir auf den Leim gegangen, Spencer. Du hättest mal dein Gesicht sehen sollen!«

Er nahm Vanessa den Holzkopf aus der Hand und setzte ihn wieder auf den Körper der Puppe. »Um genau zu sein, ist es eine alte Kleiderpuppe, die meine Eltern beim Einzug hier oben gefunden haben. Früher haben die Frauen solche Puppen benutzt, um Kleider zu nähen. Und vor ein paar Jahren zu Halloween hat mein Dad den Kopf einfach obendrauf gesetzt.«

Er zeigte auf mich und lachte wieder laut. »Ätschibätsch, reingefallen!«

Ich stieß einen Seufzer aus. Ich kam mir total bescheuert vor. Was gab es Schlimmeres, als von diesem Idioten Scott zum Narren gehalten zu werden?

Morgen würde die ganze Schule davon wissen.

Wütend kickte ich einen Karton aus dem Weg und marschierte zur Treppe. Ich stürmte aus dem Haus und lief über die Einfahrt zum Hintergarten meiner Eltern. Die Hände hatte ich wütend zu Fäusten geballt. Am liebsten wäre ich umgekehrt und hätte Scott vermöbelt, bis *er* ein Geist war.

Es war *grauenhaft*, so bescheuert dazustehen. Aber ich wusste, das alles war nur passiert, weil ich unbedingt an Geister glauben wollte. Ich war so versessen darauf, mit Ian in Kontakt zu treten, dass ich sogar Scott geglaubt hatte!

Vanessa rannte hinter mir her und holte mich ein, als ich gerade durch die Küchentür wollte. »Halb so schlimm, Spencer«, sagte sie. »Du musst nur über diese Geistersache wegkommen. Vergiss das Ganze einfach.«

Als ich mich zu ihr umdrehte, war mir plötzlich zum Heulen zumute.

»Ich … ich glaube nicht, dass ich das kann«, flüsterte ich.

In jener Nacht war mir so, als hätte ich Ians Geist gesehen.

9

Nach dem Abendessen fummelte ich an dem Geisterdetektor herum, als Nick in mein Zimmer platzte. Er schob sich das letzte Stück eines Schokoriegels in den Mund und warf die Verpackung auf den Boden.

»Was ist denn das?«, fragte er laut kauend. Schokolade lief über sein Kinn.

»Nichts«, brummte ich. Ich hatte keine Lust, mich mit ihm anzulegen.

»Wieder so ein Geisterdetektor, was?«, sagte Nick und grinste mich an. Auch an seinen Zähnen klebte Schokolade. »Weißt du, was du bist, Spencer? Du bist einer von diesen armen Irren. Ein echter Spinner bist du geworden.«

»Das sagt gerade der Richtige«, murmelte ich leise.

»Du bist völlig abgedreht, wirklich abgedreht«, plapperte Nick weiter, noch immer grinsend. »Du bist abgedreht und suchst nach Geistern und Kobolden, stimmt's oder hab ich Recht? Zusammen mit all den anderen Spinnern. Ooh – sieh dich vor, Spencer! Du hältst besser auch nach UFOs Ausschau. Du könntest auf ein UFO stoßen, Spencer. Na, wäre das nicht aufregend?«

»Hör auf«, stöhnte ich. »Ich suche wirklich nicht …«

»Achtung!«, kreischte er. »Ich sehe da was. Oh nein! *Duck dich!* Da kommt eine UFF!«

Und damit schlug er mich auf den Hinterkopf – so hart, dass ich vom Stuhl rutschte.

»He – hör auf!«, schrie ich.

»Hast du's denn nicht kommen sehen? Du bist von einer UFF getroffen worden! Von einer Unidentifizierten Fliegenden Faust.« Er lachte, als hätte er den lustigsten Witz aller Zeiten gemacht.

Ich rieb mir den Hinterkopf. »Du bist echt ein Widerling«, murmelte ich.

»Sitz hier nicht rum. Du könntest dich in der Flugbahn einer neuen UFF befinden«, warnte mich Nick. »Geh in die Küche und mach mir ein Brot.«

»Was? Ein Brot? Vor einer Stunde haben wir zu Abend gegessen!«, sagte ich.

»Ja eben, vor einer ganzen Stunde«, wiederholte Nick und hob drohend die Hand. »Beeil dich lieber. Hier kommt eine neue UFF.«

Unglücklich rappelte ich mich auf. »Was für ein Brot willst du?«, stöhnte ich.

»Frag nicht so dämlich«, fuhr Nick mich an. »Hauptsache, es schmeckt.«

Er holte zum Schlag aus und versuchte, mich wieder zu erwischen, als ich an ihm vorbeiwollte. Aber ich duckte mich und seine Hand streifte nur mein Haar.

Draußen im Flur drehte ich mich noch mal um und

brüllte zurück: »Ich könnte ein bisschen Hilfe brauchen, weißt du!«

Als Antwort rülpste er bloß laut. Ein wahrer Goldschatz, was?

Doch dann nahm er wenigstens das belegte Brot, das ich ihm gemacht hatte, verzog sich in sein Zimmer und belästigte mich den restlichen Abend nicht mehr.

Ich verbrachte etwa eine weitere Stunde damit zu entdecken, was ich eigentlich schon längst wusste: Der Geisterdetektor war echter Schund. Ich zog den Stecker heraus und warf ihn in den Müll.

Kurz vor elf schlüpfte ich in meinen Schlafanzug. Der Winterwind rüttelte an den Glasscheiben. Ich trat ans Fenster und spähte hinaus.

Von hier aus hatte ich eine gute Sicht über die Wipfel der schneebedeckten Nadelbäume am Ufer und einen großen Teil des zugefrorenen Sees. Das Eis glänzte matt im Licht des hellen Halbmonds.

In mondlosen Nächten war es zu dunkel, um den See zu erkennen. In solchen Nächten sah er wie eine enorme schwarze Grube aus, die sich hinter den Bäumen erstreckte.

Eine tiefe, dunkle Grube.

Das ist es, was der See war: eine tiefe, dunkle Grube, die einen Menschen für immer in sich gefangen halten konnte.

Die Stirn gegen die kalte Fensterscheibe gedrückt, schaute ich hinaus und ließ den Blick über die schneebedeckten Gärten wandern. Die Straßen waren am Nachmittag geräumt worden und hohe Schneewälle säumten den Bordstein.

Wieder rüttelte der Wind an den Glasscheiben. Die dunklen Bäume draußen schienen zu erzittern.

Und dann fiel mir etwas direkt hinter den Bäumen, auf der leuchtenden grauen Oberfläche des zugefrorenen Sees ins Auge. Etwas, was sich über den See bewegte.

Etwas Schimmerndes, das sich schnell und gleichmäßig fortbewegte. Der Schimmer glitt zwischen die Bäume.

Ich legte die Hände als Sichtschutz seitlich ans Gesicht und starrte angestrengt hinaus.

Und da erkannte ich einen Jungen, der über das Eis glitt. Schimmernd, von einem sanften blauen Schein umgeben. Das kalte Licht floss um ihn herum, während er ruhig über den zugefrorenen See glitt. Er war ganz allein. Ein einsamer Junge, der in der Dunkelheit schimmerte, der so ruhig, so sanft Schlittschuh lief.

»Ian – bist du das?«, sagte ich laut. Mein Herz klopfte. Ich zitterte am ganzen Leib, während ich weiter hinausstarrte.

»Ian – du *bist* es, du bist es doch! Bleib, wo du bist! Geh nicht weg! Ich komme!«

Ich wirbelte vom Fenster weg und zog mich in Windeseile an.

10

Im Hinausrennen kämpfte ich noch immer mit meinem Mantel. Eiskalte Luft wehte mir entgegen.

Es hatte zwei Tage lang geschneit und ich sank mit den Stiefeln tief im Pulverschnee ein. Der Wind blies den Schnee von den Bäumen herunter, während ich loslief.

Ich warf einen Blick zum Haus zurück. Im Schlafzimmer meiner Eltern brannte Licht. Hatten sie mich rausgehen hören? Vielleicht hätte ich ihnen Bescheid sagen sollen, überlegte ich.

Aber sie hätten mich gefragt, warum ich zu dieser Zeit aus dem Haus wollte. Ich hätte es ihnen erklären müssen.

Und dann hätten sie gedacht, ich wäre verrückt.

Für sie ist mein Interesse an Geistern bloß ein Hobby. Eine Phase, die ich gerade durchmache. Etwas, das sich wieder legen wird.

Den wahren Grund, warum ich an Geister glauben will, kennen sie nicht. Sie wissen nicht, wie wichtig es mir ist, meinen Cousin zu finden.

»Ian? He – Ian?« Ich legte die Hände wie einen Trichter um den Mund und rief seinen Namen, während ich unter den dunklen, schneebedeckten Nadelbäumen zum Seeufer rannte.

Windböen ließen den Pulverschnee über den zugefrorenen See tanzen. Der Schnee wurde hochgewirbelt und bildete seltsame Formen. Es sah so aus, als würden Geister aus dem Eis aufsteigen. Im Licht des Halbmonds warfen die Bäume lange Schatten auf die Oberfläche des Sees.

»Ian? Bist du da?« Meine Stimme wurde vom Wind gedämpft.

Mit den Augen suchte ich das Eis nach dem blauen Licht ab, nach dem Jungen in dem Lichtschein, der so anmutig Schlittschuh lief. Aber im silbergrauen Eis spiegelten sich nur die dunklen, unruhigen Schatten der Bäume.

»Ian?«

Ich blieb stehen. Meine Kehle war auf einmal wie zugeschnürt. Ich hatte Mühe zu atmen.

Ich bin seit einem Jahr nicht mehr hier gewesen, dachte ich.

Seit jenem schrecklichen Tag war ich nicht mehr hier.

Angst stieg in mir auf. Ich war wie gelähmt. Ich hatte das eigenartige Gefühl, mich nicht mehr bewegen zu können, mich nie mehr bewegen zu können.

Ian war da. Ich *wusste* es. Ich hatte ihn gesehen. Gedankenverloren machte ich ein paar Schritte aufs Eis.

Jetzt existierte nur noch Dunkelheit. Und das Heulen des Windes. Das Knarren der Äste. Der Schnee, der über den zugefrorenen See wehte. Ich ging weiter. Das Eis unter meinen Stiefeln war fest und dick.

»Ian? Bist du da?«, rief ich. »Ich bin's – Spencer!«

Der Wind wehte um mich. Ein kalter Luftstoß klappte mir den Mantelkragen herunter und jagte mir einen Schauder über den Nacken.

Die Augen gegen das Mondlicht abgeschirmt, spähte ich blinzelnd über den See, auf der Suche nach dem bläulichen Schimmer. »Ian?«

Ich machte noch ein paar Schritte vorwärts. Und dann rutschte ich über etwas. Über eine Unebenheit im Eis.

Bevor ich mein Gleichgewicht wieder finden konnte, war ich schon auf die Knie gefallen. Ich keuchte auf, als ich die schmalen Spuren entdeckte: zwei Linien, die sich deutlich im frischen Pulverschnee abzeichneten. Die Spuren von Schlittschuhen.

»He!« Tief gebückt, um besser sehen zu können, folgte ich den Spuren, die einen weiten Bogen formten.

Die Spuren waren frisch. Scharf und sauber, erst vor wenigen Minuten entstanden. Sie beschrieben einen großen Kreis. Dann schwenkten sie plötzlich weg und führten direkt zur Mitte des Sees. Waren das Ians Spuren? Die Spuren seines Geistes?

Der Gedanke jagte mir erneut einen Schauder über den Rücken. Ich zog den Mantel enger um mich und zwang meine zitternden Beine weiterzugehen.

»Wow.« Ich blieb stehen und starrte hinunter, blinzelte auf das Eis. Die Spuren brachen ab.

Sie endeten in einer kleinen Schneeverwehung. Einfach so.

Ich wischte den Schnee mit beiden Händen beiseite, aber auf dem darunter liegenden Eis waren keine Schlittschuhspuren zu sehen. Ich stand auf und schritt einen weiten Kreis ab, um herauszufinden, wo die Spuren sich fortsetzten.

Aber sie setzten sich nicht fort. Sie endeten einfach. Als wäre der Schlittschuhläufer plötzlich vom See gen Himmel geschwebt. Oder unter das Eis gesunken.

Schaudernd, mit klappernden Zähnen, wandte ich mich ab. Die Nadelbäume kamen mir auf einmal weit weg vor. Mir war nicht bewusst gewesen, dass ich den Spuren so weit aufs Eis hinaus gefolgt war.

Der stürmische Wind wurde stärker und brannte auf meinen Wangen. Schnee wehte um meine Stiefel und Beine.

Da hörte ich ein Knacken.

War das Eis hier draußen auf dem See zu dünn? Begann es, unter meinem Gewicht zu brechen?

»Nein, bitte nicht«, flüsterte ich.

Vorsichtig machte ich mich auf den Rückweg zum Ufer.

Wieder hörte ich ein *Knacken*. Ganz dicht hinter mir.

Gegen den Wind gestemmt, benutzte ich meine Stiefel als Schlittschuhe und glitt mit langen Schritten über das schneebedeckte Eis.

Die Bäume schienen noch immer weit entfernt zu sein. Der Wind wehte stärker, als wollte er mich vom Ufer fern halten.

Wieder ein *Knacken.* Ein Geräusch, als würde etwas Risse bekommen. Ganz laut und nah.

Ich holte tief Luft und zwang mich weiterzugehen.

Ein Gleitschritt ... und noch einer ... und noch einer.

»NEEEEIIIIINNN!« Ich stieß einen Entsetzensschrei aus, als sich plötzlich eine Hand aus dem einbrechenden Eis streckte – und mich am Fuß packte.

GRUSELFIEBER

11

»AAAGGGH!« Ein panischer Schrei drang aus meiner Kehle. Ich trat hart um mich. Und fiel hin.

Meine Hände schlugen zuerst aufs Eis auf und Schmerzen schossen mir die Arme hinauf.

Ich landete auf dem Bauch, kämpfte mich auf die Knie und wirbelte herum, keuchend, schwitzend wie ein Tier.

Erneut schrie ich auf, als ich sah, wie die Hand meinen Knöchel umklammerte. Nein. Moment mal …

Das war keine Hand. Es war gar keine Hand, die da aus der eiskalten Tiefe des Sees herauslangte.

Am ganzen Leib schlotternd, zupfte ich mir den Gegenstand vom Fuß. Es war ein Handschuh. Ein dunkler Lederhandschuh, den wahrscheinlich ein Schlittschuhläufer auf dem Eis verloren hatte.

Ich hielt mir den Handschuh dicht vors Gesicht und betrachtete ihn genau. Er hing schlaff und weich in meinen Fingern.

Aber … er hatte mich doch *gepackt!* Noch vor einem Augenblick war er hart und fest gewesen. Ich hatte gefühlt, wie er sich eng um meinen Knöchel gelegt hatte.

Wie konnte das sein?

Mir gruselte und mit einem Schrei schleuderte ich ihn fort, weit hinaus aufs Eis.

Dann schleppte ich mich erschöpft nach Hause.

Dort krabbelte ich ins Bett und zog mir die Decke bis ans Kinn hoch. Trotzdem konnte ich nicht aufhören zu zittern.

Ich kann nicht mehr dorthin zurückgehen, sagte ich mir. Ich bring's nicht fertig. Es ist zu schaurig.

Aber ich hatte etwas gesehen. Die Spuren auf dem Eis, den blauen Schimmer. Ich hatte etwas gesehen.

Ian – warst du das?

Ich werde nicht lockerlassen, dich zu finden. Das verspreche ich.

Am nächsten Tag traf ich Vanessa nach der Schule vor ihrem Spind. Wir hatten uns zu einem Stadtbummel verabredet. Vanessa wollte ein paar Malutensilien für ein neues Bild kaufen, an dem sie gerade arbeitete.

Sie hievte sich ihre Schultasche auf die Schultern und zog den Reißverschluss ihres hellroten Parkas zu. »Wie geht's?«

Ich verdrehte die Augen. »Frag lieber nicht. Scott hat in der ganzen Schule herumposaunt, wie ich beim Anblick der Puppe auf seinem Dachboden ausgerastet bin. Egal, wo ich hinkomme, lachen alle über mich.«

Vanessa zischte durch die Zähne. »Scott ist so ein Blödmann.«

Ich drehte mich um und sah, wie er gerade über den Flur auf uns zutrottete. »Komm schon, beeil dich!«, drängte ich Vanessa und zog sie schnell zur Eingangstür. Wir stürmten hinaus und rannten los.

Der Himmel war grau und hing voller dicker schwarzer Wolken, aus denen es jeden Moment wieder zu schneien anfangen konnte. Ein scharfer Wind drängte mich einen Schritt zurück. Ich senkte den Kopf und lief weiter.

»Wartet auf mich!«, hörte ich Scott von den Eingangsstufen der Schule rufen. »Ich hab gerade einen Geist gesehen!« Sein Gelächter verfolgte uns.

Ich lief schneller, bog ab und rannte geduckt in die schmale Gasse, die vom Schulhof wegführte.

»Wo willst du hin?«, japste Vanessa außer Puste. Ihr Atem stieg in weißen Dampfwölkchen vor ihr auf.

»Mir egal«, antwortete ich. »Ich will nur weg von Scott!«

Die Gasse war schmal und verlief zwischen den Hintergärten der Häuser zu beiden Seiten. Abfalleimer standen vor den niedrigen Zäunen, und neben ihnen türmten sich stapelweise alte Zeitungen, die unter einer Schneeschicht begraben waren.

»Hör auf zu rennen«, keuchte Vanessa, die neben mir hertrabte. »Was sollen wir in dieser Gasse? Hier sind wir noch nie entlanggegangen. Du kannst stehen bleiben. Scott folgt uns nicht.«

»Ich würde am liebsten ewig so weiterrennen«, rief ich. »Alle haben mich heute ausgelacht. Alle.«

»Was hast du vor?«, wollte Vanessa wissen. »Von zu Hause weglaufen, weil Scott dir einen dummen Streich gespielt hat und dich alle jetzt deswegen aufziehen?« Sie packte mich am Mantel und hielt mich fest, sodass ich stehen bleiben musste.

Ich trat mit dem Fuß gegen einen Schneeklumpen. »Ich weiß nicht. Es ist schrecklich, die Witzfigur der Schule zu sein. Aber …«

Ich verstummte und blinzelte. Von einem Baum über meinem Kopf war mir Schnee auf die Stirn gefallen. Als ich ihn wegwischte, fiel mein Blick auf einen kleinen Laden auf der anderen Straßenseite.

»Wo sind wir?«, fragte ich. Wir waren in einem Wohnblock gelandet, den ich nicht kannte.

»Ich glaube, das ist Oak. Oder vielleicht auch Chambers«, sagte Vanessa. »Ich bin diese Gasse noch nie entlanggegangen, darum …«

Auch ihr Blick blieb an dem Laden hängen. Mit den verblassten grauen Schindeln und den schwarz gestrichenen Fensterläden sah er mehr wie ein normales Wohnhaus aus und gar nicht wie ein Geschäft. Ich blickte mit zusammengekniffenen Augen auf das Schild über der Tür: KLEINES HAUS DER GEISTER.

»Was ist denn das für ein Laden?«, fragte ich. »Ist der neu?«

Wir überquerten die Straße. Ich ging voraus zu den schmalen Stufen am Eingang. »Ist der offen?«, fragte Vanessa. »Sieht irgendwie nicht so aus, als habe er geöffnet.«

Ich spähte ins Schaufenster. Es gab keine Auslagen. Kein Hinweis darauf, was in dem Laden verkauft wurde. Doch dann erspähte ich ein kleines, handgeschriebenes Schild: GEISTERBEDARF.

»Huch?« Ich stieß ein Keuchen aus. »Ist das ernst gemeint?«

Vanessa zerrte an meinem Arm. »Komm, wir gehen, Spencer. Du weißt doch, dass da nichts dahinter steckt.«

Aber ich starrte weiter auf das kleine Schildchen: GEISTERBEDARF…

»Du weißt, dass du mit diesem Zeug nur dein Geld zum Fenster rauswirfst«, beharrte Vanessa.

Ich legte die Hand auf den Türgriff. »Komm schon. Ich will nur sehen, was sie haben«, sagte ich.

GRUSELFIEBER

12

Ich schob die Tür auf. Eine auf der Innenseite angebrachte Glocke klingelte, als die Tür aufschwang. Während ich mir den Schnee von den Stiefeln kickte, trat ich in einen schwach beleuchteten Flur.

Vanessa, die hinter mir in den Laden kam, stieß fast gegen mich. »Hier drin ist es aber dunkel«, bemerkte sie flüsternd. »Glaubst du, der Laden hat überhaupt geöffnet?«

Ich ging ein paar Schritte in den Verkaufsraum hinein. An einer Wand stand ein kleiner, mit Papieren übersäter Tisch. Gegenüber davon waren zwei lange Reihen dunkler Verkaufsregale aufgestellt.

»Ist da jemand?«, rief ich.

»Lass uns lieber wieder gehen«, flüsterte Vanessa. »Mir ist es hier irgendwie unheimlich. Ich glaube nicht, dass es ein richtiger Laden ist.«

Ich starrte auf die hohen Verkaufsregale. Was lag da auf ihnen? Leider war es zu dunkel, um das zu erkennen.

»Okay. Hier ist wohl geschlossen«, sagte ich und wandte mich zum Gehen.

Da hörte ich jemanden hüsteln. Eine Hintertür wurde geöffnet und gelbliches Licht fiel in den Raum.

Ein Mann trat heraus. Er war sehr klein, sehr dünn und er sah erschöpft aus. Sein Rücken war vornübergekrümmt, so als hätte er nicht die Kraft, aufrecht zu stehen.

Sein glänzend weißes Haar war zu einem langen Pferdeschwanz zusammengebunden. Als er näher kam, konnte ich die Brille mit den viereckigen Gläsern sehen, die auf seiner langen, schmalen Nase saß.

Selbst in dem schwachen Licht bemerkte ich, wie blass er war. Er lächelte schwach, während seine grauen Augen von Vanessa zu mir wanderten. Beim Gehen humpelte er leicht. Er wirkte sehr gebrechlich. »Kommt doch herein«, sagte er. Ich hatte eine dünne, schwache Stimme erwartet, aber seine Stimme war dröhnend und tief. »Willkommen im Kleinen Haus der Geister.«

»Haben Sie … haben Sie geöffnet?«, stammelte ich.

Sein Lächeln wurde breiter und ließ tausende winzig kleine Fältchen auf seinen bleichen Wangen erscheinen. »Ich habe immer geöffnet. Die Geister ruhen nie. Und ich genauso wenig.«

Er lehnte sich mit dem Rücken an den Tisch und zupfte an seinem langen weißen Pferdeschwanz herum. »Sucht ihr Geisterfallen?«

Ich starrte ihn an. »Äh … was?«

»Wollt ihr Geister loswerden? Ich habe ein sehr beliebtes Produkt namens Geisterbeweis auf Lager. Es wird als Sprühdose verkauft.«

»Nein«, erwiderte ich. »Bei mir zu Hause spukt es nicht.«

Er nickte. »Die meisten Leute, die herkommen, wollen Fallen oder Alarmanlagen, um ungewollte Geister zu verjagen.« Mit zusammengekniffenen Augen sah er mich über den Rand seiner eckigen Brillengläser hinweg an. »Haben eure Eltern euch hergeschickt? War es ihnen zu peinlich, selbst zu kommen?«

»Nein«, sagte ich. »Meine Eltern glauben nicht an Geister.«

Er richtete sich auf. »Und ihr wollt ihnen beweisen, dass es tatsächlich Geister gibt?«

»Nein«, entgegnete ich und warf einen Blick auf Vanessa. Ihr war anzusehen, dass sie sich äußerst unbehaglich fühlte. Mit den Augen deutete sie zur Tür.

Ich wandte mich wieder an den seltsamen kleinen Mann. »Ich versuche, einen Geist zu finden«, brach es aus mir heraus.

»Aha!«, verkündete er. Er rieb sich die dünnen Hände. »Du willst also einen Geist finden, der bei euch im Haus lebt?«

»Ich weiß nicht mal genau, ob er wirklich ein Geist ist oder nicht«, sagte ich. »Es ist … es ist schwer zu erklären.«

Der Mann nickte. »Die Geisterwelt ist nicht einfach«, sagte er sanft. »Die Geister bewegen sich auf vielerlei Weisen, die weit über unser Vorstellungsvermögen hinausgehen. Wäre es nicht schön, wenn wir einfach nur das Telefon nehmen müssten …«

Er hob das Telefon vom Tisch und hielt sich den Hörer ans Ohr.

»… nur das Telefon nehmen müssten und eine bestimmte Nummer wählen und schon wären wir in Kontakt … in Kontakt mit den Toten?«

Ein Schauder lief mir über den Rücken. Das Telefon, das er in der Hand hielt – konnte man damit wirklich Geister kontaktieren? Irgendetwas an seiner Art zu sprechen, ließ mich glauben, dass er wirklich Kontakt mit Geistern hatte.

Oder war ich mal wieder das Opfer meiner großen Fantasie?

»Manchmal können Geister überhaupt nicht sprechen«, fuhr der Mann fort. Er hielt das Telefon noch immer an sein Ohr. Seine Brille glänzte im Licht. Durch das helle Glitzern sah es so aus, als stünden seine Augen in Flammen.

»Manchmal heulen sie«, sagte er und grinste Vanessa und mich an. »Manchmal heulen sie den ganzen Schmerz heraus, der in ihnen steckt.«

Ich wollte etwas erwidern, aber er legte den Kopf in den Nacken und öffnete den Mund zu einem hohen, schrillen Heulen.

»Lass uns gehen«, drängte Vanessa mich leise und ging vorsichtig auf die Tür zu. »Ich meine es ernst, Spencer.«

Der kleine Mann lachte. »Entschuldigt. Manchmal überkommt mich die Lust zu heulen. Passiert euch das nie?«

»Nein, eigentlich nicht«, entgegnete ich.

Er stellte das Telefon zurück auf den Tisch. Dann rieb er sich nochmals die Hände. Sie waren so flach und dünn, dass sie mich an Schmetterlingsflügel erinnerten.

»Also, was genau sucht ihr denn nun?«, fragte er. »Einen Detektor, ja? Ihr wollt herausfinden, ob da Geister sind oder nicht.«

»Na ja …«, begann ich.

»Nein. Wir müssen jetzt gehen«, unterbrach mich Vanessa. »Wir sind schon spät dran. Wir können wirklich nicht mehr länger bleiben.«

»Ich denke, ich muss gehen«, sagte ich. »Äh … vielleicht komme ich wann anders wieder.« Vanessa war schon an der Tür. Ich folgte ihr.

»Ich weiß, was du brauchst«, sagte der Mann. »Ich

habe das Richtige für dich hier. Es ist genau das, was du brauchst.«

Ich blieb stehen und drehte mich wieder zu ihm um. Ich konnte nicht gehen. Ich musste sehen, wovon er da sprach.

»Genau das, was du brauchst«, wiederholte er mit seiner tiefen Stimme.

Ein so schmächtiger, zerbrechlicher Mann und was für eine tiefe, kräftige Stimme! Er krümmte den Zeigefinger und zog mich zurück, er zog mich zurück zu ihm.

»Spencer – nicht!«, warnte mich Vanessa.

Aber ich musste es wissen. »Was ist es?«, fragte ich.

Er gab keine Antwort. Wortlos ging er zu einem der dunklen Verkaufsregale und zog etwas aus einem Fach am Boden heraus. Dann hob er einen Gegenstand ins Licht und hielt ihn mir hin.

Es war ein quadratisches graues Kästchen mit einer gelben Skala, einem runden Lautsprecher und einer roten Taste auf der Vorderseite. Es sah aus wie ein ganz gewöhnliches Radio.

»Das ist ein so genannter Heuler«, sagte der Mann.

Ich trat näher heran und fuhr mit der Hand über die Skala. »Und was macht man damit?«

»Gar nichts«, mischte sich Vanessa von der Eingangstür her ein. »Lass uns gehen. Schmeiß nicht noch mehr Geld zum Fenster raus. Du hast mir hoch und heilig versprochen, das nicht mehr zu tun, oder hast du das schon vergessen?«

Ich blickte auf die gelbe Skala und den runden schwarzen Lautsprecher. Mit der Hand fuhr ich über die glatte Oberfläche des grauen Kästchens. »Ein Heuler?«, wiederholte ich. »Warum dieser Name? Was bedeutet er?«

»Es ist eine Art Detektor«, erwiderte der Mann und spähte mich über den Brillenrand hinweg an. »Es entschlüsselt elektrische Schallwellen. Es empfängt das Heulen von Geistern.«

»Hoppla.« Rasch zog ich meine Hand zurück.

»Spennn-cer!«, rief Vanessa.

»Kann man damit Geister rufen?«, fragte ich. »Kann man – kann man sie kommen lassen?«

Der Mann schüttelte den Kopf. »Nein, damit kann man keine Geister herbeirufen. Es empfängt nur ihr Heulen, wenn sie schon in der Nähe sind.«

Er kippte das kastenförmige Gerät so, dass ich die Vorderseite gut sehen konnte. »Da – siehst du diese rote Taste? Wenn du einen Geist heulen hörst, drückst du einfach die rote Taste. Und dann sprichst du hier in diesen schwarzen Kreis hinein. So kannst du mit dem Geist reden.«

»Der Geist kann einen *hören*?«, hakte ich nach. »Und er wird mir antworten?«

»Nur wenn er antworten will«, sagte der Mann. Er schob sein Gesicht dicht vor meines und flüsterte: »Manchmal leidet der Geist solche Qualen, dass er nur heulen kann, nicht sprechen.«

»Kann man den Geist *sehen*?«, fragte ich weiter.

Der Mann schüttelte den Kopf. »Das Gerät empfängt nur Schallwellen. Schallwellen von der anderen Seite.«

Ich schluckte. Mein Herz raste, als ich mich zu Vanessa umdrehte. »Genau so was habe ich gesucht«, sagte ich. »Ist das zu fassen?«

Sie verdrehte die Augen. »Nein, ist es nicht.«

Ich überging ihre Bemerkung. Ich wusste, dass ich den

Heuler unbedingt haben musste. »Wie viel kostet er?«, erkundigte ich mich.

Der Mann blickte auf das Gerät in seinen Händen, dann sah er wieder zu mir hoch. »Wie viel würdest du denn dafür zahlen?«

»Na ja … ich habe noch dreißig Dollar von Weihnachten übrig«, erklärte ich.

Er schloss kurz die Augen. »Okay«, meinte er dann. »Dreißig Dollar. Ich überlasse dir den Heuler billig, weil es ein Bodenmodell ist.«

Ich zog mein Portmonee aus der Hosentasche. »Gut! Ich nehme ihn«, sagte ich.

»Spencer …« Vanessa versuchte noch immer, mich aufzuhalten. »Erinnerst du dich denn nicht mehr an den Geisterdetektor?«

Der Mann kicherte. »Besitzt du etwa einen? Du hast aber doch nicht ernsthaft geglaubt, dass der funktioniert, oder? Das ist bloß ein Spielzeug. Was für Kinder.«

Ich gab ihm meine dreißig Dollar und er legte mir den Heuler vorsichtig in die Hände.

»Wird das hier funktionieren?«, fragte ich.

Das Grinsen des Mannes wurde breit. Wieder teilten tausend feine Linien sein Gesicht und die Gläser seiner Brille schienen aufzuleuchten.

»Oh ja«, sagte er. »Es wird funktionieren. Sogar sehr gut. Aber hör auf die Warnung von einem, der sich auskennt … Geister tragen nicht mehr ganz menschliche Züge. Du wirst dir vielleicht wünschen, es hätte nicht funktioniert.«

GRUSELFIEBER

13

Den Heuler halb im Mantel vorne verborgen, schlich ich leise die Stufen zu meinem Zimmer hoch. Aus Nicks Zimmer dröhnte Musik. Ich wollte nicht, dass er den Heuler sah und sich über mich lustig machte, bevor ich noch eine Chance gehabt hatte, ihn auszuprobieren.

Ich stellte den kleinen Apparat auf mein Bett. Dann schloss ich die Tür.

Nachdem ich meinen CD-Player samt CDs von dem kleinen Tischchen neben meinem Schrank geräumt hatte, stellte ich den Heuler vorsichtig darauf und schloss ihn an.

Vanessa hatte sich geweigert, mit zu mir zu kommen und ihn auszuprobieren. Sie blieb dabei, dass auch dieses Gerät nicht funktionieren würde. »Du wirfst nur deine letzten dreißig Dollar zum Fenster raus«, schimpfte sie.

»Vielleicht hast du Recht«, seufzte ich. »Aber ich will so gerne an Geister glauben. Ich wünsche es mir so sehr.«

»Scott hat schon Recht, dass er dich damit aufzieht«, sagte sie.

Das tat weh! Au verdammt, das hatte gesessen!

Aber hier war ich, in meinem Zimmer, und fühlte mich richtig aufgeregt. Nervös. Kurz davor, meine neueste Errungenschaft zu testen.

Ich vergaß alles um mich herum und zog meinen Stuhl an den Tisch heran. Dann beugte ich mich über den Heuler, schlang die Finger sanft um den Drehknopf und schaltete ihn ein.

Sofort leuchtete die Skala mit einem schwachen, gelben Lichtschein auf.

Ich schob mein Gesicht näher an den Lautsprecher heran und horchte gespannt.

Nichts. Stille.

Ob es einen Lautstärkeregler gab? Nein, ich konnte keinen finden. Ich starrte auf die Skala. Das gelbe Leuchten schien heller zu werden. Da hörte ich ein Summen. Ein Knacken, wie Hintergrundrauschen im Radio.

Ich drückte mein Ohr an den Lautsprecher und lauschte auf ein Geisterheulen.

Immer noch nichts.

»Kommt schon, ihr Geister«, sagte ich laut. »Wo steckt ihr?«

Gib dem Gerät ’ne Chance, beruhigte ich mich.

Wieder ertönte ein statisches Rauschen und Knacken. Das gelbe Licht der Skala flackerte. Dann war alles wieder still.

Wie lange saß ich wohl schon da und starrte auf die gelbe Skala? Fünf Minuten? Zehn?

Nach einer Weile stand ich auf und lief im Zimmer auf und ab. Ich ging zum Fenster und blickte hinunter auf Scotts Haus.

Er kam gerade heim. Ich sah, wie er an der Hintertür kurz stehen blieb und zu meinem Fenster hochschaute.

Blitzschnell wich ich zurück, damit er mich nicht entdeckte. Ich wollte nicht, dass er bei mir reinplatzte und mir wegen des Heulers das Leben schwer machte. Das war wirklich das Letzte, worauf ich scharf war!

Ich ging zurück zu dem Heuler, der noch immer leuchtete und still und stumm auf dem kleinen Tischchen stand.

Ich setzte mich wieder davor, stützte die Ellbogen auf den Tisch und fixierte die Skala.

Komm schon, drängte ich das Gerät in Gedanken. Lass mich etwas hören. Nur einen klitzekleinen Geisterlaut.

Vor Schreck wäre ich fast vom Stuhl gefallen, als ich plötzlich ein gespenstisches Raunen hörte.

»Spennnn-cerrrrr.«

Ein Geist! Ein Geist! Ich konnte ihn hören! Ganz nahe! Es klang ganz nahe!

»Spennnn-cerrrrr.«

Und dann packte er mich von hinten.

Und drehte mich zu sich herum.

GRUSELFIEBER 14

»Nick!«, kreischte ich. »Du Blödmann! Lass mich los!«

Er kicherte und gab mir einen heftigen Schubs. Dann fegte er meine Schultasche vom Bett und ließ sich auf die Matratze plumpsen.

»Was ist los, Angsthase?«

»Nichts, was dich interessieren würde«, sagte ich bissig. »Würdest du bitte aus meinem Zimmer gehen? Ich bin beschäftigt.«

Er spuckte seinen Kaugummi in Richtung Abfalleimer in der Ecke, verfehlte ihn aber. Der Kaugummi prallte von der Wand ab und landete auf meinem Teppich.

»He, heb das sofort auf!«, sagte ich.

Er grinste mich an. »*Was* soll ich aufheben?« Er sprang auf die Füße und trat lächelnd hinter mich. »Was ist das denn? Wieder so ein bescheuertes Geisterspielzeug?«

»Nein, kein Spielzeug«, entgegnete ich. Aber schon im selben Moment bereute ich meine Worte. Ich hätte Nick sagen sollen, dass es ein Spielzeug ist, dachte ich. Dann wäre er weggegangen und hätte mich in Ruhe gelassen.

Nun musste ich es erklären.

Er nahm den Apparat vom Tisch. »Ist das ein Radio?«

»So was Ähnliches«, sagte ich. »Es ist ein Heuler. Er funktioniert mit Radiowellen oder so was. Damit kann man das Heulen von Geistern empfangen.«

»Ja, klar doch«, sagte er kichernd und hielt sich den Heuler ans Ohr.

»Vorsicht – du ziehst noch den Stecker raus«, mahnte ich ihn.

Nick sah mich aus Schlitzaugen an. »Wirst du so eine Art *Star-Trek*-Freak? Geht's darum?«

»Überhaupt nicht«, sagte ich. »Ich habe nur …«

Er drückte seinen Mund auf die Skala. *»Beam mich hoch, Scotty«,* rief er hinein. *»Beam mich hoch.* Hier spricht Spock!«

Er lachte schallend, als hätte er gerade einen echt lustigen Witz gemacht. Dann ließ er den Heuler auf den Tisch zurückplumpsen.

»Pass doch auf!«, schrie ich. »Du machst ihn noch kaputt!«

Er drehte sich zur Tür. »Du bist echt zu bemitleiden«, sagte er. »Es ist nicht mal lustig, dass du so bemitleidenswert bist. Du glaubst wirklich, man kauft so 'ne Art kleines, dummes Radio und schon ist man in der Lage, Geister heulen zu hören.«

»Lass mich einfach nur in Ruhe!«, rief ich.

»Bemitleidenswert«, wiederholte er. Und damit ging er aus meinem Zimmer.

Bemitleidenswert. Das Wort hallte in meinem Kopf wider.

Vielleicht hat er Recht, dachte ich und starrte auf das stumme graue Gerät. Vielleicht *bin* ich bemitleidenswert.

Vielleicht aber auch nicht.

Spät nachts erwachte ich von einem seltsamen Geräusch. Ich setzte mich im Bett auf und lauschte.

Im Zimmer war es heiß. Die Heizung lief auf vollen Touren. Ich schwitzte und der Schlafanzug klebte mir auf der Haut.

Bleiches silberfarbenes Mondlicht fiel durchs Fenster in mein Zimmer.

Ich blinzelte, um wach zu werden, streckte mich und sah hinüber zum gelben Lichtschein, der vom Heuler ausging.

Was war das für ein Geräusch gewesen? Was hatte mich geweckt?

Oooooooooooo.

Ein Heulen. Ganz schwach und leise.

Und dann ertönte es wieder. *Oooooooooooooo.*

Schmerzensgeheule. Geisterheulen ... das aus dem Heuler kam.

15

Ich kickte die Bettdecke weg und kam schlaftrunken auf die Beine. Mein Herz begann, heftig zu klopfen.

Ich streckte die Hand nach der Lampe auf meinem Nachttisch aus und hätte sie beinahe umgestoßen. Endlich gelang es mir, das Licht anzuknipsen.

Oooooooooooooo.

Das Heulen klang jetzt schwächer. Entfernter.

Die gelbe Skala leuchtete.

Ich strich die Beine meiner Schlafanzughose nach unten, stürzte zum Tischchen hinüber und ließ mich auf den Stuhl plumpsen. Ich zitterte vor Aufregung.

Und vor Angst.

Ich packte das Kästchen an den Seiten und lauschte.

Wieder erklang ein Heulen, traurig und aus weiter Ferne.

Meine Hände waren plötzlich kalt und feucht. Ich drückte sie fester an den Heuler.

Hörte ich da wirklich einen Geist? Empfing ich wirklich Laute aus der Geisterwelt?

Das war es, was ich gewollt hatte. Das war es, wovon ich die ganze Zeit geträumt hatte.

Aber jetzt, als es wirklich geschah, hatte ich *entsetzliche* Angst.

Mir klapperten die Zähne und mein Körper zitterte wie Espenlaub.

Geister sind verstorbene Menschen, dachte ich. Tote.

Wieder hörte ich ein lang gezogenes, leises Heulen aus dem Gerät. Hörte ich wirklich den Ruf eines toten Menschen?

Ich starrte auf das Kästchen in meinen Händen. Auf die gelbe Skala, die rote Taste darunter. Die rote Taste …

Die hatte ich in meiner Aufregung völlig vergessen. Wenn ich die rote Taste drückte, konnte ich mit dem Geist sprechen. Ich konnte mit ihm kommunizieren.

Mit zitternder Hand betätigte ich die rote Taste und hielt sie gedrückt. Ich beugte mich tiefer über das Gerät. »Hallo«, rief ich. Meine Stimme war nur ein ersticktes Flüstern.

»Hallo?«, versuchte ich es noch mal.

Jetzt war alles still. Ich wartete mit hämmerndem Herzen.

»Kann mich jemand hören?«, fragte ich, die rote Taste noch immer gedrückt haltend.

Stille. Eine lange, leere Stille.

Und dann vernahm ich eine flüsternde Stimme. So leise und entfernt, dass ich sie kaum verstehen konnte. *»Bitte …«*

Ich stieß einen erschrockenen Schrei aus.

Eine Stimme aus dem Jenseits!

»Es passiert! Es ist wahr!«

Am liebsten wäre ich aufgeschnellt und hätte Luftsprünge gemacht. Aber stattdessen drückte ich die rote Taste und beugte mich noch tiefer über den Heuler. »Ich kann dich hören!«, rief ich. »Es funktioniert! Ich kann dich hören!«

Ich starrte auf den kleinen, runden Lautsprecher und horchte.

Stille. Sie dauerte nur ein paar Sekunden, aber mir kam es wie eine Ewigkeit vor.

Und dann erklang wieder ein Flüstern: *»Bitte… hilf mir.«*

Helfen? Wie? Wo war dieser Geist? War er irgendwo begraben? Lag er in einem Sarg tief unter der Erde?

Eine Million Fragen lagen mir auf der Zunge. Aber ich war nur damit beschäftigt, keuchend nach Luft zu ringen. Mein Herz klopfte so heftig, dass ich nicht atmen konnte, nicht sprechen konnte.

»Bitte hilf mir…«, flüsterte die Stimme.

»Wo bist du?«, brachte ich schließlich mit erstickter Stimme heraus. »Wo bist du? Wie kann ich dir helfen?«

Stille.

Ich stand auf, setzte mich aber gleich wieder. Ich konzentrierte mich darauf, das Zittern meiner Beine zu unterdrücken.

Hinter mir rasselte die Heizung und erhitzte den Raum weiter. Ich wusste, dass es im Zimmer eigentlich bullenheiß war. Aber mir war trotzdem kalt. Kalt bis auf die Knochen.

»Kannst du mich hören?«, sprach ich in das Gerät. »Wer bist du? Bitte antworte mir. Wer bist du?«

Stille.

Und dann erklang das Flüstern wieder. *»Hilf mir…«*

»Wer bist du?«, drängte ich. »Wo bist du?«

»Begraben…«

Bei diesem Wort keuchte ich erschrocken auf.

Die Arme wärmend um den Oberkörper geschlungen, drückte ich mein Ohr an den Lautsprecher. Und lauschte auf mehr.

Aber wieder blieb der Heuler stumm.

Ich drückte die rote Taste. »Wie kann ich dir helfen?«, fragte ich noch einmal. »Was kann ich tun? Wer bist du? Bitte – sag es mir.«

Stille.

Und dann: *»Finde mich. Bitte – finde mich.«*

»Aber wo bist du? Und wer bist du?« Schaudernd holte ich tief Luft. »Ian? Bist du das? Ian?«

Ich schloss die Augen und kreuzte die Finger.

Bitte – lass es Ian sein!

»Ian? Antworte mir. Bist du das?«, flüsterte ich.

Alles war jetzt still.

Ich wartete. Und wartete. Aber das Kästchen war verstummt. Der Kontakt war abgebrochen.

Schwer schluckend saß ich da und starrte auf das stumme Gerät.

»Es gibt Geister«, murmelte ich. »Ich habe einen gehört. Ich habe wirklich einen gehört. Ob es Ian war? Heißt das, dass ich in der Lage bin, mit Ian Kontakt aufzunehmen?«

Ich stand auf, trat vom Stuhl weg und sprang wild auf und ab. Ich hatte mich nicht mehr unter Kontrolle. Ich musste einfach herumspringen – aus Aufregung, aus Angst, wegen des Schocks.

Ich wusste, in dieser Nacht würde ich nicht mehr einschlafen können.

Nick wollte ich natürlich nichts davon erzählen. Aber kaum saßen wir uns am Frühstückstisch in der Küche gegenüber, konnte ich mich doch nicht bremsen.

»Der Heuler funktioniert«, flüsterte ich ihm zu. Mom stand am Spülbecken und wusch die Eierpfanne aus. »Heute Nacht habe ich einen Geist gehört. Echt wahr.«

Nick kaute geräuschvoll seine Cornflakes. »Du meinst, du hast schlecht geträumt«, grunzte er. Er sah nicht mal von seiner Cornflakesschüssel auf.

»Nein, es war kein Traum«, widersprach ich. »Ein Geist hat geheult. Davon bin ich aufgewacht. Und dann hat er mit mir gesprochen.«

»Ja, klar doch«, murmelte Nick.

»Seine Stimme klang weit weg, aber ich konnte ihn trotzdem ganz deutlich hören«, sagte ich. »Er hat mit mir gesprochen.«

Endlich blickte Nick von seiner Schüssel auf. »Hat er dir gesagt, du sollst dir die Zähne putzen? Du hast nämlich Mundgeruch.«

»Nick …«, setzte ich an.

In diesem Moment wischte Mom sich die Hände ab und kam zum Tisch herüber. »Worüber redet ihr zwei denn gerade?«, fragte sie.

»Spencer hatte einen schlechten Traum«, erzählte Nick ihr.

»Gar nicht wahr!«, schrie ich. »Ich …«

»Es ging um einen Geist«, sagte Nick. »Hat ihn wohl ziemlich erschreckt.«

»Mom, das stimmt nicht!«, beharrte ich.

»Alles halb so schlimm, Spencer«, sagte Mom und tätschelte mir zärtlich den Kopf. »Ich dachte, du hättest keine Albträume mehr. Hast du dich in der letzten Zeit über irgendetwas aufgeregt?«

»Ja, über sein Gesicht!« Nick prustete los.

»Nick, lass ihn in Ruhe«, meinte Mom. »Du siehst doch, dass er ganz aufgewühlt ist.«

»Ich bin nicht aufgewühlt!«, schrie ich.

»Ist ja gut, ist ja gut«, sagte Mom und wich mit erhobenen Händen zurück, als würde sie sich ergeben. »Wir sprechen später darüber.«

Ich würgte den Rest meiner Rühreier herunter, nicht ohne Nick die ganze Zeit wütend anzufunkeln. Warum hatte ich überhaupt meinen Atem an ihn verschwendet?

Er glaubt, das Leben sei ein einziger großer Spaß. Und zwar ein Spaß auf meine Kosten.

Ach was, mir war es egal, was er dachte. Ich hatte ein Gerät, mit dem man tatsächlich Verbindung zu Geistern aufnehmen konnte. Und vielleicht … vielleicht hätte mein langes Warten bald ein Ende. Vielleicht würde ich schon bald mit meinem Cousin Ian reden.

In der Schule erzählte ich Vanessa davon.

Sie starrte mich lange an. »Meinst du das ernst? Du hast nicht geträumt oder so?«

Ich stöhnte. »Genau dasselbe hat Nick auch gesagt. Aber es ist passiert, Vanessa. Es ist wirklich passiert. Der Heuler funktioniert.«

Ihre Augen wurden groß. »Wow. Glaubst du, ich könnte auch einen Geist hören?«

»Wir treffen uns nach der Schule«, sagte ich. »Dann können wir zu mir gehen und es ausprobieren. Es ist echt verblüffend!«

Ich traf Vanessa hinter dem Parkplatz der Mittelschule. Bei ihr standen Ed und Justin, zwei Jungen aus unserer Klasse.

Ed und Justin sehen aus, als wären sie Brüder, aber das sind sie nicht. Beide sind groß und hager, haben glattes braunes Haar, das ziemlich kurz geschnitten ist, braune Augen und lange, ernste Gesichter.

Sie tragen weite Cargohosen mit Millionen von Taschen und Reißverschlüssen, spielen im Basketballteam und laufen jeden Tag auf Inlineskates zur Schule und wieder nach Hause. Ed und Justin haben sogar dasselbe Lachen – es klingt wie ein hohes Pferdewiehern.

Alle nennen sie bloß die »Zwillinge«, obwohl sie überhaupt nicht miteinander verwandt sind.

»Vanessa hat uns von deinem Radiogerät erzählt«, sagte Justin. »Können wir auch mitkommen?«

»Wir machen auch bestimmt keine Witze«, fügte Ed hinzu. »Vanessa meinte, dir sei es ganz ernst damit.«

»Na ja … es ist schon ein bisschen unheimlich«, erwiderte ich. »Ihr solltet lieber nicht mitkommen, wenn ihr Angst davor habt, Laute von Toten zu hören.«

»Sie arbeiten an einem Projekt über Spukhäuser«, sagte Vanessa. »Sie würden wirklich gern einen Geist hören.«

Ich nickte. »Also gut, dann probieren wir's.«

Wenige Minuten später führte ich sie nach oben in mein Zimmer. Nick war zu Hause. Ich hörte den Fernseher in seinem Zimmer laufen. Aber seine Tür war zu.

Schnell schob ich Vanessa und die »Zwillinge« in mein Zimmer und schloss die Tür hinter ihnen. Nachdem sie ihre Mäntel und Schultaschen aufs Bett geworfen hatten, setzte ich mich vor den Heuler, und sie stellten sich hinter mich. Ich drehte den Einschaltknopf und die gelbe Skala leuchtete auf.

»Cool«, sagte Justin. »Kannst du damit die Rap-Station empfangen? Q-102?«

Ed gab ihm einen Schubs. »Komm schon. Wir haben gesagt, keine Witze.«

»Das ist kein Radio«, sagte ich. »Es empfängt Schallwellen. Von der anderen Seite.«

»Der anderen Seite von was? Der Straße?«, scherzte Justin.

Ed lachte. Vanessa funkelte ihn wütend an. »Reißt euch zusammen, Jungs. Ihr habt es versprochen.«

»Das ist nicht komisch«, murmelte ich und wandte mich wieder dem Heuler zu. »Die Geister leiden Qualen. Deswegen heulen sie.«

Ed warf den Kopf zurück und stieß ein lang gezogenes, lautes Heulen aus. Justin fiel mit ein.

»Psssttt. Hört auf«, sagte Vanessa und beugte sich über meine Schulter. »Ich glaube, ich hab gerade was gehört.«

Ed und Justin wandten sich dem Gerät zu. Zu viert starrten wir gebannt auf die leuchtende gelbe Skala und lauschten.

Stille.

Von draußen konnte ich Nicks Fernseher hören. Ich schickte ein Stoßgebet zum Himmel, dass er in seinem Zimmer blieb. Ich wusste, für Nick wäre es ein Heidenspaß, hier hereinzuplatzen und alles kaputtzumachen.

»Warum brauchen die Geister so lange?«, erkundigte sich Ed. Ungeduldig sprang er auf und ab. »Ich hab um vier Klavierunterricht.«

»Pssstt. Ein bisschen Geduld«, bat ich.

»Aber es ist gar nichts zu hören«, sagte Vanessa.

»Ich hab's dir doch erzählt: Letzte Nacht hat mich ein Geist um Hilfe gebeten. Es war das Unheimlichste, was mir je passiert ist«, erwiderte ich.

Ed stieß einen langen Seufzer aus. Er ging zum Fenster und setzte sich aufs Fensterbrett. Justin wandte sich ebenfalls ab und ließ sich mitten in die Jacken auf meinem Bett fallen.

Nur Vanessa und ich starrten weiter wie gebannt auf den Heuler.

Stille.

Stille.

Und dann …

Ooooooooooo.

Ein unheimliches Heulen. Ganz leise und schwach.

Aber es war ein Heulen. Ein Furcht erregendes, schrilles Heulen.

Sofort waren Ed und Justin wieder auf den Beinen.

»Oh wow«, murmelte Ed und rannte an den Tisch zurück.

»Was war das?«, fragte Justin im Flüsterton. »Habt ihr das auch gehört?«

Zu viert beugten wir uns über das kleine graue Gerät.

Ein weiteres lang gezogenes, trauriges Heulen ertönte.

Und dann … dann …

Ein rasselndes Krächzen.

Eine Geisterstimme, sehr schwach und doch so beunruhigend.

Wir hörten die Worte, die schrecklichen Worte …

»Ich sehe euch. Ich kann euch alle vier sehen …«

GRUSELFIEBER 17

»Nein!« Vanessa stieß einen Schrei aus und packte die Rückenlehne meines Stuhls.

Ed und Justin drängten sich dicht aneinander, mit offenen Mündern und hervorquellenden Augen.

Meine Brust schmerzte, und ich merkte, dass ich die ganze Zeit die Luft angehalten hatte. Mit einem langen Zischen stieß ich sie aus.

»Ist das ein echter Geist?«, flüsterte Justin.

»Ist er hier mit uns im Zimmer?«

»Ich werde versuchen, ihn zu fragen«, sagte ich und langte nach der roten Taste.

Doch bevor ich sie drücken konnte, hörten wir wieder die leise, krächzende Stimme: *»Ich sehe euch … Ihr müsst mir … helfen.«*

Justin zerquetschte mir fast die Schulter. »Spencer, das ist einfach zu abgedreht. Ich – ich glaube nicht an Geister.«

»Also, ich denke, jetzt glaube ich an sie!«, flüsterte Vanessa.

»Ooooooooooooo.« Das Heulen klang diesmal näher. Wütender.

Ein Schauder lief mir über den Nacken, als wäre der Atem des Geistes darüber hinweggestrichen.

Blitzschnell fuhr ich herum und erwartete, hinter mir eine Geistergestalt zu sehen. Aber da war nichts. Nur meine Freunde, die über mich gebeugt auf den Heuler starrten.

Nachdem ich tief Luft geholt hatte, streckte ich die Hand aus und drückte die rote Taste. »Wir … wir können dich hören«, stammelte ich. »Bist du hier? Hier in diesem Zimmer?«

Stille.

Und dann erscholl wieder ein leises Heulen. *»Helft mir … Bitte helft mir …«*

»Wie?«, rief ich in den Lautsprecher. »Wie können wir dir helfen? Wo bist du?«

»Ich bin … begraben … begraben … seit langer Zeit.«

Als ich mich umdrehte, sah ich, wie Justin im Zeitlupentempo rückwärts aus dem Raum stolperte. »Das ist total unheimlich«, krächzte er. »Ich – ich glaube, ich muss jetzt gehen.«

»Psst. Geh nicht«, flüsterte Vanessa. »Lass uns sehen, was der Geist will.«

»W-was, wenn er uns auch zu Geistern machen will?«, kreischte Justin, der jetzt bei der Tür angekommen war.

»Ist er hier?«, japste Ed. »Ist der Geist wirklich hier?« Er schien unter Schock zu stehen oder so was. Sein Blick ging die ganze Zeit unruhig hin und her. Er war sehr blass geworden.

Ich drehte mich wieder zum Heuler um und drückte die rote Taste. »Wo bist du?«

»Helft mir … Helft mir …«, krächzte die Stimme. *»Ich bin begraben … begraben in deinem Schrank.«*

»NEIN!«, keuchte ich erschrocken.

Vanessa drückte meine Schulter so fest, dass es wehtat. Ed und Justin standen starr wie Statuen.

»Im Schrank …«, wiederholte der Geist. *»Helft mir – bitte! Ich bin begraben … seit so langer Zeit … Lasst mich heraus! Lasst mich heraus!«*

Ich sprang auf die Füße.

»W-was machst du da?«, fragte Vanessa mit angstverzerrter Miene.

Ich deutete auf den Schrank neben dem kleinen Tischchen. »Ich werde ihn öffnen. Wir müssen nachsehen …«

»Nein!«, schrien Justin und Ed wie aus einem Mund. »Spencer, tu's nicht!«

Vanessa hob die Hände an die Wangen und starrte wortlos auf den Schrank.

»Er ist – er ist da drin«, meinte Ed mit zitternder Stimme. »Geh da nicht hin, Spencer. Mach ihn nicht auf.«

»Ich muss«, entgegnete ich und griff nach dem Türknopf.

Ed und Justin waren zur Zimmertür zurückgewichen. Vanessa stand in der Mitte des Raums, die Hände an den Wangen. »Weiter«, flüsterte sie. »Du weißt, dass du es tun musst. Also los, mach die Tür auf.«

Ich packte den Türknopf und drehte ihn herum.

Dann riss ich mit einem Ruck die Schranktür auf.

GRUSELFIEBER

18

»AAAAAAGGGGH!«

Mit einem ohrenbetäubenden Kreischen kam der Geist aus dem Schrank geschossen. Nur dass es kein Geist war, sondern mein Bruder – Nick.

Ich stieß einen Schrei aus und auch die anderen schrien. Ed sackte gegen die Wand.

Nick brach in Lachen aus. Er packte mich und wirbelte mich im Kreis herum. Vergnügt tanzte er im Zimmer auf und ab, fegte die Mäntel beiseite und benutzte mein Bett als Trampolin.

»Ihr Hirnis!«, rief er. »Ihr Hirnis! Habt ihr denn nicht gemerkt, dass ich es bin? Habt ihr nicht gemerkt, dass die Stimme aus dem Schrank kam?«

Vanessa ließ sich auf den Schreibtischstuhl sinken. Sie schüttelte den Kopf, den Blick zu Boden gesenkt.

»Ihr Doofmänner!«, rief Nick. Er schwang die Fäuste über dem Kopf, als feiere er einen großen Sieg. »Ihr Hirnis!«

»Ich hab den Schwindel bemerkt«, murmelte Justin. »Ich wusste, dass es kein Geist war.«

»Lügner«, sagte Ed und gab ihm einen Schubs. »Du hast sogar noch mehr gezittert als ich.«

Ich hätte am liebsten laut geschrien, aber ich war sprachlos. Noch nie in meinem Leben war ich so enttäuscht gewesen.

»Ich bin begraben … begraben in deinem Schrank«, krächzte Nick und lachte sich wieder halb tot. »Ich hab

euch die Treppe raufsteigen hören. Ich wusste, warum ihr gekommen seid. Spencer wollte euch sein neues Spielzeug zeigen. Also habe ich mich schnell im Schrank versteckt. Mir war klar, dass ihr auf meinen kleinen Streich hereinfallen würdet.«

»Das war gemein«, murmelte Vanessa mit hängendem Kopf.

»Gemein – und lustig!«, rief Nick.

Ich drehte mich zu Nick um. Am liebsten hätte ich mich auf ihn gestürzt, ihn zu Boden geworfen, ihn geschlagen und geschlagen und geschlagen.

»Gestern Nacht – warst das auch du?«, fragte ich ihn. »Hast du mir da denselben Streich gespielt?«

Ein Grinsen breitete sich auf Nicks Gesicht aus. Er nickte. »Richtig geraten.« Er stapfte durch den Raum und ließ die Hand auf den Heuler niedersausen.

»Dein Gerät da ist ein Schwindel, Spencer. Bring's in den Laden zurück und gesteh dir ein, dass du ein Trottel warst.«

Ich starrte auf den Heuler und seufzte. Noch ein wertloses Stück Müll.

Nick trottete in sein Zimmer, noch immer glücklich vor sich hin kichernd. Ich knallte die Tür hinter ihm zu und blickte meine Freunde an. Sie hatten es sich auf dem Boden bequem gemacht. Die Schranktür stand offen. Die Skala auf dem Heuler leuchtete hell und aus dem Lautsprecher drang leises Hintergrundrauschen.

Vanessa hatte ein seltsames Lächeln auf dem Gesicht. »Was ist denn so lustig?«, knurrte ich.

»Ich hatte nur gerade eine Idee«, entgegnete sie. Ihr Grinsen wurde breiter. »Eine erstklassige Idee.«

Ich setzte mich auf die Bettkante und seufzte wieder unglücklich. »Was für eine?«

»Der Streich deines Bruders war gemein«, sagte Vanessa. »Aber er ist wirklich gut. Wie wäre es, wenn wir ihn Scott spielen?«

»Jaaa!«, riefen Justin und Ed begeistert und klatschten sich gegenseitig in die Hände.

Ich war nicht in der Stimmung, irgendjemandem einen Streich zu spielen. »Warum sollten wir?«, fragte ich.

»Er hat dir diesen gemeinen Streich mit der Kleiderpuppe gespielt«, erwiderte Vanessa. »Und dann hat er in der ganzen Schule rumerzählt, wie er dich reingelegt hat und du wie am Spieß geschrien hast.«

»Außerdem erzählt er schon seit Monaten Lügengeschichten, dass es bei ihm zu Hause spukt«, mischte sich Ed ein.

»Also, was ist, wenn wir ihm diesen Streich spielen und Scott glauben machen, dass es in seinem Haus wirklich spukt?«, fuhr Vanessa fort. »Er wird ausrasten. Er wird total ausrasten!«

»He! Und wenn wir das erst an die große Glocke hängen, wird er nie wieder prahlen können!«, rief Ed.

Gespannt blickten sie mich an und warteten auf meine Reaktion.

»Ich habe den Heuler nicht gekauft, um damit Streiche zu spielen«, sagte ich traurig.

Vanessa legte mir die Hand auf die Schulter. »Aber würde es dich nicht aufheitern, Scott an der Nase rumzuführen und ihm einen Riesenschrecken einzujagen?«

Gegen meinen Willen musste ich lächeln. »Na ja … vielleicht schon«, meinte ich. »Also gut, wir machen's!«

GRUSELFIEBER

19

Am Montag trafen sich Vanessa, Ed und Justin nach der Schule bei mir. Der Heuler stand schon bereit. Ich wollte nur noch mal den Plan durchsprechen, den wir für die Spukaktion bei Scott ausgeheckt hatten.

»Vanessa, Ed und ich gehen durch die Hintertür in Scotts Haus. Wir sorgen dafür, dass die Tür offen bleibt, damit Justin später unbemerkt reinkommen kann. Dann lenken wir Scott im Wohnzimmer oder in seinem Zimmer ab, sodass er Justin nicht reinkommen sieht.«

»Und wo gehe ich hin?«, fragte Justin. »Auf den Dachboden?«

Ich nickte. »Ja, du schleichst dich auf den Dachboden. Der ist L-förmig. Kurz bevor der Raum den Knick macht, siehst du einen Schrank. Darin versteckst du dich.«

»Dann bringen wir Scott auf den Dachboden und stellen den Heuler in die Nähe des Schrankes, in dem sich Justin versteckt«, sagte Vanessa.

»Cool«, meinte Ed grinsend. »Das ist total cool.«

Ich lachte leise. »Ich hab Scotts Prahlerei mit seinem Spukhaus satt. Ich bin gespannt, was er tut, wenn er glaubt, einen *echten* Geist zu hören!«

»Er wird tot umfallen!«, rief Vanessa grinsend. »Er wird glatt tot umfallen!«

»Na, was gibt's?«, begrüßte Scott uns an der Hintertür, die direkt in die Küche führt. Er hatte ein halb aufgegessenes Brownie – einen Schokokuchen – in der Hand und Schokoladenflecken auf dem Kinn.

»Hast du noch welche?«, fragte Ed und zeigte auf das Brownie. »Ich verhungere nämlich gleich.«

Schnell stopfte sich Scott den Rest des Brownies in den Mund. »Das war das Letzte«, sagte er heftig kauend.

Wir drei betraten die Küche. »Wieso warst du heute eigentlich nicht in der Schule?«, erkundigte sich Vanessa bei Scott.

»Ich hatte heute Morgen schlimme Bauchschmerzen«, antwortete er.

Tja, kommt davon, wenn man zu viele Brownies isst, dachte ich bei mir.

»Ich hab was mitgebracht, was dich vielleicht interessiert«, erklärte ich Scott und hielt den Heuler hoch.

Scott wischte sich die Schokoladenfinger an den Jeansbeinen ab, nahm mir den Heuler aus der Hand und betrachtete ihn prüfend. »Was macht man damit? Hattest du nicht schon letzte Woche so was Ähnliches bei dir im Zimmer?«

»Das hier ist was anderes«, erklärte ich. »Es funktioniert.«

»Wir können das bezeugen«, sagte Ed. »Ehrenwort.«

»Aber was macht man damit?«, fragte Scott, während er das Kästchen in den Händen hin und her drehte.

»Das ist ein so genannter Heuler«, sagte ich. »Können wir uns irgendwohin setzen? Ich werde es dir erklären.«

Scott führte uns in das kleine Fernsehzimmer gegenüber dem Wohnzimmer. Ich blieb noch kurz in der Küche zurück und schob die Hintertür einen kleinen Spalt auf, damit Justin reinschlüpfen konnte.

Dann eilte ich den anderen nach. Auf dem Weg durch die Küche bemerkte ich auf dem Tisch einen Teller, auf dem sich Brownies stapelten.

Was für ein Lügner, dachte ich. Scott wollte nur alle Brownies für sich alleine haben.

Im Fernsehzimmer schlüpften wir aus den Jacken und warfen sie auf den Fußboden. Dann setzten wir uns auf die grünen Ledersitzmöbel und ich erklärte Scott den Heuler.

Anfangs lachte er nur. »Ihr habt zu viele Zeichentrickfilme gesehen.«

»Aber wir haben ein Geisterheulen gehört«, beharrte Vanessa. »Es war wirklich unheimlich, Scott. Ein Geist hat geheult und uns um Hilfe gebeten.«

»Ich hab ihn auch gehört«, sagte Ed. »Ich – ich habe davon Albträume bekommen letzte Nacht.«

Scotts Grinsen schwand.

Hinter mir knarrte die Treppe, und ich wusste, dass Justin jetzt auf dem Weg zum Dachboden war. Wir mussten das Gespräch mit Scott noch ein wenig in die Länge ziehen, damit Justin genügend Zeit hatte, sich im Schrank zu verstecken.

Scott musterte das kleine graue Kästchen. »Damit kann man also Geheule empfangen? Und man hört die Geister sprechen?«

»Man kann auch mit ihnen reden«, erklärte ich. »Man muss dazu nur die rote Taste drücken und in diesen Kreis hier sprechen.«

»In deinem Haus spukt es doch, oder?«, sagte Vanessa. »Das erzählst du doch allen. Du hast Geister umherwandern sehen. Also müsste der Heuler hier sofort funktionieren.«

Scott zögerte. Um seinen Mund begann es, nervös zu zucken. »Na ja … ich weiß nicht recht. Meine Geister zeigen sich tagsüber nicht. Nur nachts.«

Er sucht nach einer Ausrede, dachte ich. Er möchte nicht, dass wir den Heuler hier ausprobieren. Er möchte es nicht, weil er sich nicht von uns beweisen lassen will, dass es bei ihm gar keine Geister gibt.

»Man kann sie tagsüber vielleicht nicht sehen«, gab ich zu bedenken. »Aber mit dem Heuler können wir sie hören.«

»Nein, das glaube ich nicht.« Scott blieb stur. »Ich will sie nicht mit diesem Ding belästigen. Ihr wisst schon, warum soll ich sie in ihrer Ruhe stören?«

»Es wird sie nicht stören«, erwiderte ich. »Es …«

»Außerdem habe ich massig Hausaufgaben auf«, sagte Scott. »Ihr solltet lieber gehen. Ich muss jetzt wirklich an den Schreibtisch.«

»Aber du warst heute doch gar nicht in der Schule«, gab Vanessa zurück. »Du hast keine Hausaufgaben auf.«

Scotts Gesicht nahm langsam einen verzweifelten Ausdruck an. Sein Mund zuckte und sein Gesicht lief puterrot an. Er hatte wirklich Panik, dass wir bewiesen, was für ein Schwindler er war.

Ich sprang auf die Füße und lief mit dem Heuler in Richtung Treppe.

»Ach, komm schon. Wir gehen damit auf den Dachboden hoch und belauschen deine Geister.«

Hastig versperrte Scott mir den Weg. »Äh … dieses Gerät – das ist nicht echt, oder? Es ist nur Spielzeug, so wie der andere Schund, den du gekauft hast?«

»Ich hab's dir doch gesagt, dieses Gerät hier funktioniert wirklich«, sagte ich. »Du wirst überrascht sein. Ich glaube, du wirst *wirklich* überrascht sein.«

20

Den Heuler in den Händen ging ich als Erster die Stufen hoch.

Scott klappte die Falltür auf und wir marschierten auf den Dachboden hinauf.

Draußen stand die Nachmittagssonne schon tief am Himmel. Fahles Licht drang durch das Fenster herein und lange Schatten zogen sich über den voll gestellten Fußboden.

»Wow, schöner Dachboden«, meinte Ed und blickte sich um. »Sieht wirklich so aus, als würde es hier spuken.«

Scott sagte kein Wort.

Ich bahnte mir einen Weg durch den Raum. »Da drüben bei dem Schrank ist eine Steckdose«, rief ich. »Da können wir den Heuler einstöpseln.«

Vanessa zog einen Karton neben den Schrank und ich stellte das Kästchen darauf. Dann langte ich hinter den Karton, um den Heuler einzustecken.

Ich hockte mich auf den Boden und schaltete das Gerät an. Vanessa, Ed und Scott stellten sich dicht hinter mich.

Als ich einen kurzen Blick auf sie warf, bemerkte ich den angespannten Ausdruck auf Scotts Gesicht.

Ich hatte bereits großen Spaß an unserem kleinen Streich, obwohl er gerade erst begann. Als ich auf die gelbe Skala starrte, musste ich mich total zusammenreißen, um nicht in lautes Gelächter auszubrechen.

Auch Vanessa und Ed hatten Mühe, ernst zu bleiben. Ich sah ihnen an, wie sehr sie ebenfalls unseren kleinen Streich genossen.

»Was passiert?«, fragte Scott nervös. »Ist der Heuler an? Was macht er jetzt?«

»Er wärmt sich auf«, erwiderte ich. »Du musst nur etwas warten und die Ohren spitzen. Wenn Geister in der Nähe sind und irgendwelche Laute von sich geben, wird der Heuler sie empfangen.«

»Aber – vielleicht sind die Geister gerade still«, wandte Scott ein. »Vielleicht heulen sie nicht. Ich glaube, sie schlafen tagsüber wahrscheinlich.«

»Schlafen Geister überhaupt?«, fragte Ed. »Sie leben nicht, oder? Also warum sollten sie dann schlafen müssen?«

»Psst.« Ich legte den Finger an die Lippen und beugte mich tiefer über das graue Kästchen.

»Ich – ich glaube, ich höre was«, sagte Vanessa laut.

Das war das Stichwort für Justin, Geisterlaute von sich zu geben.

Wir verstummten. Irgendwo im Block hupte ein Auto. Die einzigen anderen Geräusche waren Scotts pfeifende, schnelle Atemzüge direkt hinter mir.

Ein paar Sekunden verstrichen. Wir drängten uns dicht vor den kleinen Apparat, ohne uns zu bewegen, den Blick starr nach vorn gerichtet. Und dann …

Oooooooooooooo.

Leise. Ganz, ganz schwach. Fast wie ein Atemzug.

Scott gab einen erschrockenen Laut von sich. »Habt ihr das gehört?«

Ich nickte ernst. »Der Heuler empfängt etwas.« Ich legte wieder den Finger an die Lippen.

Vanessa fiel neben mir auf die Knie. »Wow«, murmelte sie und tat so, als wäre sie verblüfft. Wir wechselten einen Blick.

Oooooooooooooo. Noch ein Heulen, diesmal lauter.

»Der Geist scheint sehr traurig zu sein«, wisperte ich. Ich wandte mich an Scott. »Deswegen heulen sie nämlich. Sie leiden Qualen.«

Er nickte, sagte aber nichts. Ihm traten die Augen hervor und sein Mund zuckte noch immer.

»Ich … ich glaub das einfach nicht!«, flüsterte Ed.

»Helft uns … Helft uns hier heraus …«

Die krächzenden, geraunten Worte ließen Scott aufschreien. »Mach es aus!«, kreischte er. »Ich – ich will sie nicht in ihrer Ruhe stören!«

»Pssst. Hör doch«, sagte ich und deutete auf den Lautsprecher.

Ich drückte die rote Taste. »Wo seid ihr?«, fragte ich. »Seid ihr hier mit uns auf dem Dachboden?«

Stille. Eine lange, angespannte Stille.

»Helft uns … Der Schnee ist so hoch …«

Vanessa bedeckte den Mund, um nicht laut loszulachen.

Als ich mich umdrehte, sah ich, dass Scott nicht lachte. Er glaubte es. Er glaubte, einen echten Geist zu hören.

Wieder drückte ich die rote Taste herunter. »Könnt ihr

mich hören? Wo seid ihr? Wo seid ihr? Bitte – sagt es uns.«

»Der Schnee ist so hoch«, kam das Flüstern zurück. *»Wir sind seit Tagen eingeschneit. Und wir haben solchen Hunger … solchen Hunger.«*

»Aber wo seid ihr?«, rief ich in den Heuler. Ich wandte mich an die anderen. »Ich glaube nicht, dass er mich hören kann.«

»Vielleicht ist er sehr weit weg«, meinte Scott, der andauernd schluckte. Er schob die Hände in seine Jeanstaschen und starrte auf das graue Kästchen.

»Könnt ihr uns helfen?«, ertönte das Flüstern wieder. *»Wir sind seit so langer Zeit gefangen. Wir wären so glücklich … so dankbar … Bitte …«*

Ich schob mein Gesicht noch näher an den Heuler heran. »Wir können euch helfen«, sagte ich. »Aber dazu müsst ihr uns sagen, wo ihr seid.«

»Aber – vielleicht wollen wir ihnen gar nicht helfen«, bemerkte Scott leise.

Ed lachte. »Du machst dir in die Hose, was?«

Darauf entgegnete Scott nichts.

»Der Geist klingt so traurig«, sagte Vanessa. »Wir müssen ihm helfen.«

»Bitte … lasst uns hier heraus. Lasst uns heraus!«, ertönte da ein schwacher, weit entfernter Schrei.

Justin macht seine Sache toll, dachte ich mir. Guck dir Scott an. Er zittert wie Espenlaub. Hervorragend! Das ist ganz hervorragend!

Ich drückte die rote Taste. »Wir werden versuchen, euch zu helfen«, rief ich. »Aber ihr müsst uns schon sagen, wo ihr seid.«

»Im Schrank«, kam die Antwort. *»Bitte … wir sind schon seit so langer Zeit im Schrank … Es ist so dunkel hier und so kalt. Und wir sind sehr hungrig. Bitte …«*

Ich sprang auf die Füße und drehte mich zum Schrank.

Der große Augenblick war gekommen. Es war Zeit, Scott den Schrecken seines Lebens einzujagen.

Mein Herz klopfte. Ich konnte es kaum erwarten. Ich bemerkte den aufgeregten Ausdruck auf Vanessas und Eds Gesichtern.

»Warte …«, schrie Scott. »Spencer, wo willst du hin?«

»Zum Schrank«, sagte ich und deutete darauf. »Wir müssen den Schrank aufmachen.«

»Aber – aber …«, stotterte Scott völlig aufgewühlt.

»Du hast uns über die Geister in diesem Haus erzählt«, sagte Vanessa. »Willst du sie denn gar nicht sehen?«

»Willst du ihnen denn nicht helfen?«, fügte Ed hinzu.

Ich wartete Scotts Antwort erst gar nicht ab, sondern schob ihn zur Schranktür. »Mach ihn auf«, sagte ich.

Scott versuchte zurückzuweichen, aber wir hatten ihn umringt. Er zitterte. Große Schweißperlen rollten ihm seitlich am Gesicht herunter.

»Mach auf«, drängte Vanessa ihn.

»Du brauchst ihn einfach nur aufzumachen«, sagte ich.

»Okay, okay«, murmelte er. Er packte den Türgriff und holte tief Luft.

Vanessa, Ed und ich machten uns innerlich bereit. Bereit für den großen Augenblick.

Scott zögerte … und zögerte … Endlich zog er die Schranktür auf.

Zu viert starrten wir hinein – in den flachen, dunklen Schrank. ABER DA WAR NIEMAND.

21

»Oh.« Entgeistert blickte ich in den leeren Schrank.

Vanessa packte mich am Arm. »Wo ist Justin?«, flüsterte sie.

Bevor ich antworten konnte, drang das Trampeln von Schritten auf der Treppe zu uns herauf. Justin stürmte auf den Dachboden.

»He – tut mir Leid, dass ich zu spät bin«, rief er. »Meine Mom hat mich auf dem Handy angerufen, und ich musste abchecken, worum's ging.«

Scott hatte noch immer die Hand auf dem Griff der Schranktür. Mit verwirrter Miene wandte er sich an mich. »Was geht hier vor, Spencer?«

Eds Augen waren vor Angst geweitet. »Ich – ich versteh das nicht«, murmelte er.

»Ahhhhhh!« Erschrocken schrie ich auf, als ein eisiger Luftschwall aus dem Schrank schoss.

Scott zog die Hand vom Türgriff weg und stolperte nach hinten. Ein weiterer Luftzug ließ Vanessa, Ed und mich rückwärts wanken.

»Ohhh, was für ein Geruch!«, stöhnte ich. Die kalte Luft roch nach verfaulendem Fleisch.

Justin war in der Mitte des Raums stehen geblieben. »Was ist los?«, rief er. »Habt ihr ohne mich angefangen?«

Doch dann veränderte sich seine Miene schlagartig, und er begann zu würgen, als die kalte, faulige Luft um ihn herumwirbelte.

»Mach die Tür zu!«, kreischte Scott. »Schnell! Mach die Schranktür zu!«

Ich hielt mir mit zwei Fingern die Nase zu, um den entsetzlichen Gestank nicht riechen zu müssen. Dann senkte ich den Kopf in den brausenden Wind und ging ein paar Schritte auf den Schrank zu.

Ein hoher, schriller Schrei ließ mich innehalten.

Der Schrei erhob sich aus dem Schrank wie eine Polizeisirene. Und er schwoll weiter an – bis er zu einem ohrenbetäubenden Kreischen geworden war.

Das Trommelfell drohte mir zu zerplatzen und ich hielt mir schnell die Ohren zu. Doch das schreckliche, schmerzlich schrille Kreischen konnte ich nicht ausschalten.

Mit zugehaltenen Ohren kämpfte ich mich zum Schrank. Aber der faulig riechende Wind wirbelte um mich herum und drängte mich zurück ... immer weiter zurück ...

Ich stolperte und fiel auf die Knie. Der Wind fegte über mich. Über sein Heulen hinweg konnte ich jetzt Stimmen hören. Plappernde, aufgeregte Stimmen.

»Frei ...«

»Wir sind frei ... Endlich sind wir freigelassen worden!«

»Sie sollen büßen! Dafür sollen sie büßen!«

Als ich den Kopf hob, sah ich Vanessa ebenfalls auf den Knien. Den Oberkörper hatte sie unter den brausenden Windstößen tief gebeugt. Ed lag flach auf dem Boden und rührte sich nicht.

Scott saß zusammengekauert in einer Ecke, die Arme über den Kopf gelegt. Ein weiterer sirenenartiger Schrei fuhr mir bis ins Mark. Gewaltige gelbe Blitzlichter zuckten über den Dachboden. Ich kniff die Augen fest zu, konnte das blendend grelle Licht aber nicht ganz aussperren.

Als ich die Augen wieder öffnete, sah ich, wie Justin vornüber gebeugt in der Nähe der Stufen stand und sich die Seele aus dem Leib kotzte.

Vanessa lag mit dem Gesicht nach unten auf dem Boden, den Kopf unter den Händen begraben.

Der ekelhafte Wind tobte um uns herum, wehte so stark, dass wir uns nicht von der Stelle rühren konnten.

Die krächzenden, hässlichen Stimmen zischten und raunten und lachten. Ein weiteres lang gezogenes, gellendes Kreischen ließ mich aufschreien.

»Oh nein!«, jammerte ich. »Was haben wir getan? Was haben wir bloß getan?«

22

»Wir zahlen's ihnen heim! Wir zahlen's ihnen heim!«

Die Stimmen krächzten im wirbelnden, eiskalten Wind.

»Hundert Jahre – aber jetzt sind wir FREI!«

Ich stöhnte entsetzt. Bei dem starken, strengen Gestank drehte sich mir der Magen um. Gegen den Wind gestemmt, rappelte ich mich auf.

Die Schranktür schließen.

Ich muss unbedingt die Schranktür schließen.

Der heulende Wind toste über mich hinweg. Ich senkte die Schultern, schloss die Augen und schob mich mit aller Kraft voran.

Drückte mich gegen den Wind …

Ich hatte das Gefühl, als versuchte ich, mich durch eine feste Mauer zu schieben.

Von dem intensiven ekligen Geruch wurde mir übel. Ich hielt den Atem an, aber trotzdem war der Geruch da.

Ein Schritt … und noch einer …

Ich schaff es nicht zum Schrank. Der Wind ist zu stark. Ich kann nicht … kann nicht …

»Ohhhh!«, schrie ich auf, als ich nach vorne fiel, geradewegs gegen die Schranktür. Ich hob beide Arme – und knallte sie zu.

Ja!

Der heulende Wind erstarb. Schlagartig herrschte wieder Stille. Eine drückende, unheimliche Stille. Der Gestank hing mir noch in der Nase. Wenn ich schluckte, konnte ich ihn schmecken.

Ich blinzelte, schaute zur Schranktür, fühlte mich schwindelig und benommen.

Hatte ich es geschafft? Hatte ich die Geister eingesperrt?

Alles um mich herum drehte sich, als ich mich nach meinen Freunden umschaute. »Schnell! Wir müssen hier raus!«

Ich nahm Vanessas Hand und versuchte, sie auf die Füße zu ziehen.

»Komm schon! Beweg dich!« Ich zerrte sie hoch und schleifte sie zur Falltür.

Justin setzte sich auf, schüttelte den Kopf und blinzelte. Er sah total verwirrt aus. Ed, der neben ihm auf dem Rücken lag, hielt sich stöhnend den Bauch.

»Los!«, schrie ich. »Macht, dass ihr nach unten kommt! Wir müssen hier weg!«

Über kleine Kartons und Zeitungshaufen zog ich Vanessa weiter. Scott rannte bereits die Stufen hinunter. Vanessa und ich folgten ihm dicht auf den Fersen.

»Beeilung!«, rief ich Ed und Justin zu. »Bewegt euch!«

Sie kamen die Stufen heruntergestolpert. Scott packte die Falltür mit beiden Händen, klappte sie zur Decke hoch und schob den Metallriegel vor.

Schwitzend wie Tiere kauerten wir auf dem Fußboden. Mir hallte noch immer das sirenenartige Geheul in den Ohren. Der faulige Geruch des Todes und der Verwesung hing mir an der Haut und in den Kleidern.

»Kommt, wir gehen«, stammelte ich und lief in Richtung Haustür los.

»Lasst mich hier nicht allein!« Scott zog mich zurück. »Ich – ich wusste nicht«, stotterte er. »Ich wusste nicht, dass da oben echte Geister sind, Spencer. Ich habe die ganzen Geschichten nur erfunden.«

Ich hob den Blick zur Falltür in der Decke. »Schon gut«, sagte ich. »Jetzt ist alles ruhig. Wir haben sie eingesperrt. Wir haben sie wieder in den Schrank zurückgesperrt. Es ist alles in Ordnung.«

Scotts Kinn zitterte. Schweißperlen rollten ihm über die Stirn. »Ich gehe nie wieder da hoch! Nie, nie wieder!«, schwor er.

»Seit einem Jahr versuche ich, mit Geistern in Kontakt zu treten. Ich hatte keinen Schimmer, dass es so schrecklich sein würde. Nie wieder versuche ich das«, erklärte ich. »Nie, nie wieder.«

Ich konnte ja nicht ahnen, dass ich nur wenige Tage später mein Leben auf Scotts Dachboden riskieren würde.

GRUSELFIEBER

23

Die nächsten Tage vergingen wie in einem Nebelschleier. Ich war total benommen. Mir wollten die Geister einfach nicht aus dem Kopf gehen. Werde ich diese schreckliche Szene jemals vergessen?, fragte ich mich. Ich konnte mich nicht auf meine Hausaufgaben konzentrieren. Ich konnte kaum klar denken!

Am Dienstag hockte ich nach der Schule in meinem Zimmer auf dem Boden und malte wie ein Wilder an einem Plakat. Das Plakat musste am Mittwoch fertig sein. Ich hatte komplett vergessen, dass ich am Plakatwettbewerb in der Schule teilnahm.

Ich wusste, dass die meisten Kinder eine Menge schicke Grafiken am Computer anfertigen würden. Und ich beschloss, mein Plakat auf die altmodische Art herzustellen.

Töpfe mit roter und schwarzer Farbe standen auf dem Boden neben meinem Blatt Papier bereit, dazu drei Pinsel in verschiedenen Größen. Oben aufs Plakat wollte ich »BRÜLL, TIGER!« in fetten schwarzen Buchstaben schreiben. Tiger ist der Name unserer Schulsportmannschaft.

Ich hatte bereits einen sehr wütenden, brüllenden Tiger mit Bleistift vorgezeichnet. Ich wollte ihm rotschwarze Streifen verpassen und ihn richtig aus dem Plakat herausspringen lassen.

Über das Plakat gebeugt, hatte ich gerade damit begonnen, den schwarzen Umriss des Kopfes zu malen, als ich Schritte hörte. Jemand rief meinen Namen.

Als ich aufblickte, sah ich Scott ins Zimmer treten. Ich hatte ihn an diesem Tag gar nicht in der Schule gesehen. Aber ich hatte jetzt wirklich keine Zeit, mit ihm zu quatschen.

»Hi, Spencer ...« Er blieb wenige Zentimeter vor meinem Plakat stehen. »Arbeitest du noch immer an deinem Plakat? Meins hab ich letzte Woche fertig gemacht. Ich hab ein paar wirklich tolle Sachen auf meinem Computer gezaubert.«

»Ich hab den Plakatwettbewerb total vergessen«, sagte ich. »Deswegen bin ich jetzt in Zeitdruck.« Ich sah nicht auf. Unaufhörlich bewegte ich den Pinsel und malte meine Bleistiftzeichnung mit Farbe aus.

»Ist das ein Hund?«, fragte Scott.

Ich stöhnte. »Nein, ein Tiger.«

Genervt ließ ich den Pinsel auf die Zeitung fallen, die ich ausgebreitet hatte. »Was ist, Scott? Alles in Ordnung mit dir? Oder hast du wieder irgendwelche Geister gesehen?«

Sein Lächeln verschwand. Er schüttelte den Kopf. »Nein, alles ist still. Ich denke, wir haben sie wirklich wieder eingeschlossen.«

»Gut«, murmelte ich. Beim Gedanken an die Geister lief mir ein Schauder über den Rücken.

»Ich hab meinen Eltern die ganze Sache erzählt«, meinte Scott. »Ich hab ihnen alles erzählt.«

»Und was haben sie dazu gesagt?«, fragte ich.

Er runzelte die Stirn. »Sie haben gesagt, ich solle mir die Gespenstergeschichten für Halloween aufheben.«

Mir klappte die Kinnlade runter. »Du meinst … sie haben dir nicht geglaubt?«

Er schüttelte den Kopf. »Nein. Und *nie im Leben* hätte ich sie auf den Dachboden geführt und die Schranktür geöffnet, um es ihnen zu beweisen.«

»Schlaues Kerlchen«, sagte ich. Mir war klar, dass seine Eltern ihm nicht glaubten. Meine Eltern würden es mir auch nicht glauben. Ich schätze, deshalb versuchte ich erst gar nicht, ihnen davon zu erzählen.

»Ich hab noch immer Angst«, gab Scott zu. »Ich zucke jedes Mal zusammen, wenn ich ein Knarren oder ein anderes Geräusch höre. Ich glaube dann immer, die Geister springen gleich aus irgendeiner Ecke hervor.«

Ich nickte. »Ich weiß, was du meinst. Mir wollen sie auch nicht aus dem Kopf. Aber ich glaube, wir haben sie eingesperrt. Du bist sicher, solange keiner den Schrank öffnet.«

Ich konnte ihm ansehen, dass er darüber nachdachte. Wenige Minuten später ging er. Ich nahm meinen Pinsel und beugte mich wieder über das Plakat.

»Was veranstaltest du denn da für eine Sauerei, Depp?« Mit diesen Worten platzte Nick kurz darauf in mein Zimmer.

»Ich muss ein Plakat malen«, antwortete ich.

»Ein Plakat? Sieht mehr so aus, als hättest du dein Mittagessen ausgekotzt.«

»Danke, Nick. Wirklich nett von dir«, sagte ich.

Er kam näher, bis er mir im Licht stand und ich nicht mehr sehen konnte, was ich malte.

»Für was steht ›I‹?«, fragte er.

»›I‹?«

»Ja, ›I‹«, wiederholte er. »Für was steht es?«

Ich dachte angestrengt nach. »Äh … Idiot?«

»Na, wenigstens weißt du, wie du heißt«, sagte Nick grinsend. »Aber du irrst dich trotzdem. Das ›I‹ steht für Ingwerkekse.«

Ich verdrehte die Augen. »Warum erzählst du mir das?«, fragte ich.

»Weil wir keine Ingwerkekse mehr dahaben.« Er stupste mich leicht mit einem seiner großen Stiefel in die Seite. »Na los, Depp. Kauf gleich zwei Packungen, okay? Von deinem eigenen Geld. Ich bin diese Woche etwas abgebrannt.«

»Kommt nicht in Frage, Nick!«, rief ich. »Nein!«

»Mach schon«, befahl Nick. »Es gibt bald Abendessen und du willst doch nicht zu spät kommen.«

»Nein!«, rief ich. »Nein! Nein! NEIN!«

Er hob drohend seinen Stiefel und hielt ihn über mein Plakat. »Meinst du, das Plakat sieht schöner aus, bevor oder nachdem ich draufgetreten bin?«

Langsam senkte er den Stiefel.

»Nein! Kommt nicht in Frage!«, sagte ich stur und schob seinen Fuß weg. »Ich muss dieses Plakat fertig kriegen! Ich werde keine Ingwerkekse kaufen, Nick! Und jetzt verpiss dich! VERPISS DICH!«

Er trat einen Schritt zurück. »Okay, okay«, murmelte er. »Du musst nicht so schreien.« Zu meiner Überraschung drehte er sich um und dampfte ab.

»Wow. Ich hab gewonnen!«, rief ich.

Was für ein Sieg! Noch nie hatte ich Nick die Stirn geboten. Noch nie. Und gleich beim ersten Mal hatte ich … gewonnen! Ich beugte mich über das Plakat und begann wieder zu malen.

Aber nicht lange. Wenige Minuten später hörte ich Mom von unten rufen: »Spencer, dein Dad ist vom Supermarkt zurück. Komm und hilf ihm beim Auspacken.«

»Aber Mom, ich bin gerade schwer beschäftigt«, protestierte ich. »Warum kann Nick das nicht diese Woche machen?«

»Weil es deine Aufgabe ist!«, rief Mom. »Los, das Abendessen ist gleich fertig.«

Mir blieb keine andere Wahl. Ich ließ den Pinsel in den Topf mit der roten Farbe fallen und sauste nach unten, um meinem Dad zu helfen. Es dauerte nicht lange. Nachdem ich den neuen Weltrekord für das Auspacken von Einkaufstüten aufgestellt hatte, hastete ich wieder nach oben. Ich trat in mein Zimmer – und stieß einen spitzen Schrei aus. »OH NEIN!«

Ein fetter roter Streifen. Jemand hatte einen fetten roten Streifen an meine Zimmerwand gemalt.

Nein, keinen Streifen.

Den Buchstaben I! Ein langes rotes I!

»NICK! DU BLÖDMANN!«, schrie ich. »DU GEMEINER BLÖDMANN!«

GRUSELFIEBER

24

»Was? Wer hat dich denn gebissen?« Nick kam aus seinem Zimmer und winkte mit dem Telefon in seiner Hand. »Siehst du denn nicht, dass ich telefoniere?«

»Du Blödmann!«, kreischte ich. »Wie konntest du das bloß tun? Wie konntest du nur meine Wand beschmieren?«

»Ich hab keine Ahnung, wovon du redest«, sagte Nick. »Marsch, zurück in deinen Käfig, okay?«

»Nein!«, schrie ich. »Es ist nicht okay!« Ich rannte durch den Flur und packte ihn am Arm. »Komm mit! Das erzähle ich Mom und Dad!«

Aber Nick schüttelte mich ab und hob das Telefon ans Ohr. »Ich rufe dich später noch mal an«, sagte er. »Mein kleiner Bruder scheint gerade auszurasten.«

»Was ist da los?«, fragte Dad. Er und Mom tauchten oben am Treppenabsatz auf. Mom trug einen blauen Anzug am Bügel.

»Er hat mein Zimmer zerstört!«, jammerte ich. »Er hat meine Wand beschmiert!«

»Er hat *was*?«, kreischte Mom.

Sie lief mit Dad in mein Zimmer. Ich hörte ihre schockierten und entsetzten Stimmen.

»Nick, komm sofort her!«, knurrte Dad.

Nick verdrehte die Augen. »Was ist nur mit euch allen plötzlich los?«, murmelte er. Er schob mich aus dem Weg und marschierte in mein Zimmer.

»Wow!«, rief er. »Spencer – du hast das Papier leider um ein paar Kilometer verfehlt!«

Ich stand mit zitternden Beinen in der Tür. Mein Herz raste. »Du weißt, dass ich es nicht war! *Du* warst es! Du!«

»Nick, wie konntest du das Zimmer deines eigenen Bruders so zurichten?«, stellte Dad ihn wütend zur Rede.

»Ich – ich glaube es einfach nicht«, seufzte Mom. »Mir wird schon schlecht, wenn ich nur hinsehe. Wirklich.«

»Aber ich war es nicht!«, rief Nick. Er hob die rechte Hand. »Ich schwöre es. Ich schwöre es hoch und heilig! Ich war in meinem Zimmer und hab die ganze Zeit telefoniert.«

»Du Lügner! Es ist niemand anders hier«, sagte ich. »Also kannst es nur du gewesen sein.«

»Ich weiß, was du getan hast, Depp«, rief Nick. »Du hast es selbst getan! Damit du mir die Schuld in die Schuhe schieben und mich in Schwierigkeiten bringen kannst.«

»Lügner!«, brüllte ich. Mit einem Hechtsprung stürzte ich mich auf Nick und versuchte, ihn zu Boden zu werfen.

Dad musste uns trennen. »Das ganze Geschrei bringt uns nicht weiter«, meinte er. »Vielleicht ist die Farbe ja abwaschbar. Möglicherweise kriegen wir das wieder hin.«

»Aber erst später. Nach dem Abendessen«, sagte Mom. Sie legte den Anzug, den sie über dem Arm trug, auf mein Bett. »Probier ihn nach dem Abendessen an, Spencer. Es ist der Anzug, den du zur Hochzeit meines Cousins getragen hast. Ich hab ihn an den Nähten ein bisschen ausgelassen. Schau mal, ob er dir so passt.«

»Und versuch nicht, ihn rot anzumalen!«, sagte Nick.

»Halt den Mund!«, schrie ich. »Du Lügner! Nur weil ich dir nicht deine doofen Ingwerkekse geholt habe!«

»Hört auf – alle beide«, befahl Dad. »Wir wollen versuchen, ruhig und wie zivilisierte Menschen zu Abend zu essen, okay?«

»Von mir aus«, murmelte ich.

Aber das Abendessen verlief leider nicht allzu gut.

»Ich weiß, dass keiner nach der Katastrophe da oben großen Hunger hat. Aber ich habe heute Abend dein Leibgericht gekocht, Spencer«, sagte Mom und stellte die Schüssel vor mich auf den Küchentisch.

»Mmmm. Makkaroni mit Käse. Das ist auch *mein* Leibgericht!«, erklärte Dad.

Um ehrlich zu sein, mag ich Makkaroni gar nicht besonders gerne. Sie schmecken irgendwie ziemlich fad. Und ich kann's nicht leiden, wenn mir der Käse an den Zähnen kleben bleibt. Aber ich hab mich noch nie getraut, Mom das zu sagen.

Wütend funkelte ich meinen Bruder über den Tisch hinweg an. Er hat die Wand angemalt und kommt ungestraft davon, wurde mir klar. Er ist so ein guter Lügner. Mom und Dad glauben ihm.

Aber er musste derjenige sein, der die Wand angemalt hatte. Es war sonst niemand im Haus.

Mom häufte mir einen großen Berg Makkaroni auf den Teller und daneben etwas grünen Salat.

Ich wollte gerade anfangen zu essen, als ich das Raunen hörte.

Ich drehte mich auf dem Stuhl um. Aber hinter mir war niemand.

»Hier … Hier …«

So tönte es in einem fort.

Ich steckte mir den kleinen Finger ins Ohr und drehte ihn herum. Ich dachte, vielleicht würde Ohrenschmalz drin feststecken.

Gegenüber von mir am Tisch sprachen Mom und Dad darüber, sich eine neue Heizung anzuschaffen. »Das Heizöl kostet ein wahres Vermögen«, meinte Dad und nahm sich noch etwas Salat.

Ich wandte mich wieder meinem Essen zu. Aber erneut ließ mich das Raunen innehalten.

»Hier. Hier drüben …«

»Schau auf. Hier.«

Plötzlich war mir speiübel. Das geschieht nicht wirklich, dachte ich. Ich drehte mich um und suchte mit den Augen die Küche ab.

Keiner da.

»Hier drüben. Sieh her.«

Waren das die Geister? Die Geister aus Scotts Haus?

Hatten wir sie doch nicht im Dachbodenschrank eingesperrt? Waren sie mir etwa bis nach Hause gefolgt?

Vielleicht sagte Nick ja die Wahrheit. Möglicherweise hatte er meine Wand gar nicht angemalt. Vielleicht waren die Geister das gewesen.

»Aber das ist doch verrückt.« Ich hatte nicht gemerkt, dass ich laut gesprochen hatte.

»Was ist verrückt?«, fragte Dad nach.

Er und Mom sahen mich durchdringend an.

»Oh, tut mir Leid. Ich habe gerade über etwas nachgedacht«, sagte ich.

»Hier. Sieh auf. Schau her.«

Ein warmer Luftstrom strich mir über den Nacken, als hätte jemand ausgeatmet.

Ich wirbelte herum. Aber da war niemand.

»Sieh her.«

Ein weiterer Atemhauch ließ meine Hand kribbeln.

»NEEEEIIN!«, schrie ich. »Geht weg! Verschwindet!«

Ich sprang auf und stieß dabei mein Glas um. Es schlug gegen meinen Teller, der zerbrach. Makkaronis kullerten auf Tisch und Boden.

»Hier. Hier. Sieh her.«

»NEEEEIIIN!«, schrie ich erneut.

»Spencer, was hast du?«, rief Mom. Sie und Dad sprangen ebenfalls von ihren Stühlen auf.

»Hört ihr es denn nicht?«, jammerte ich. »Hört ihr es nicht?«

»*Was* sollen wir hören?«, rief Dad.

Ich wirbelte vom Tisch weg. Mein Stuhl kippte um, aber ich blieb nicht stehen, um ihn aufzuheben.

Ich rannte aus der Küche, hinauf in mein Zimmer, schlug die Tür zu und sperrte ab. Aber ich wusste, das würde sie nicht fern halten. Die Geister aus Scotts Dachboden waren mir gefolgt, da war ich mir inzwischen sicher.

Aber warum waren sie hier? Und was hatten sie vor? Mich für immer zu verfolgen?

GRUSELFIEBER

25

Ich rief Scott an und erzählte ihm von dem roten Geschmiere an meiner Wand und dem Furcht erregenden Raunen beim Abendessen. Er wurde ganz still.

»Ich glaube, es könnten die Geister sein«, sagte ich. »Vielleicht haben wir den Schrank doch nicht rechtzeitig wieder zugesperrt.«

Langes Schweigen am anderen Ende der Leitung. »Bei mir zu Hause ist alles in Ordnung«, sagte er schließlich. »Alles völlig normal.«

Waren die Geister in mein Haus umgezogen?, fragte ich mich.

Später am Abend konnte ich nicht einschlafen. Hellwach lag ich im Bett und starrte in die Dunkelheit. Ich lauschte auf ein Raunen und suchte im dämmrigen Licht nach irgendwelchen Hinweisen auf Geister.

Ich war gerade am Einschlafen, als etwas meine Aufmerksamkeit erregte.

Irgendetwas bewegte sich.

Ich blinzelte mehrmals, um ganz wach zu werden, und setzte mich schnell auf.

Da sah ich, wie sich der Ärmel meines Anzugs bewegte.

Des Anzugs, den ich auf Moms Wunsch eigentlich hätte anprobieren sollen. Ich hatte ihn ganz vergessen und achtlos auf den Stuhl an der Wand geworfen.

Vor meinen entsetzten Augen schwang der Ärmel von ganz allein in die Höhe. Dann bewegte sich auch der andere Ärmel. Und schließlich schwebte die ganze Anzugjacke vom Stuhl hoch.

»Wer ist da?«, rief ich. »Wer ist das?«

Stille.

Ich wollte aus dem Bett springen, aber meine Beine gehorchten mir nicht. Vor Angst war ich wie gelähmt.

»He …«, rief ich, als sich die Hose langsam vom Stuhl erhob. Erst beugte und streckte sich das eine Hosenbein, dann das andere.

Es sah so aus, als würde jemand die Hose anziehen.

Jemand Unsichtbares.

»Nein – geh weg!«, rief ich mit vor Entsetzen erstickter Stimme.

Der Anzug – die Jacke über der Hose – schwebte ein paar Zentimeter über dem Boden. Und dann kam er langsam auf mich zu.

Ohne jemand darin!

»N-neeeiiin!«, kreischte ich.

Ich wollte aus dem Bett klettern, verwickelte mich aber mit den Beinen in der Decke. Voller Panik trat ich um mich, während der Anzug näher schwebte.

Beide Ärmel hoben sich, als wollten sie mich packen.

Endlich konnte ich mich aus der Decke befreien und war mit einem Satz aus dem Bett.

Ein kalter Wind erhob sich aus dem Nichts. Er wehte um mich, brauste um mich herum. Die Jalousie begann zu klappern. *Klapp, klapp, klapp.* Hart schlug sie gegen das Zimmerfenster.

Das Fenster öffnete sich und knallte wieder zu. Öffnete sich, öffnete sich sperrangelweit und dann ließ eine unsichtbare Hand es wieder zuknallen.

Mit erhobenen Ärmeln schwebte der Anzug näher … und näher …

Ich öffnete meinen Mund zu einem schrillen Entsetzensschrei.

26

»Spencer, was ist los?«

»Was ist passiert?«

Das Deckenlicht ging an. Mom und Dad stürzten herein. Mom trug ein langes braunweißes Nachthemd. Dad mühte sich mit seinem Bademantel ab.

»Wir haben dich schreien hören«, rief Dad. »Was …?«

»Der Anzug …«, presste ich erstickt hervor und deutete darauf.

Überrascht keuchte ich auf. Jacke und Hose hatten sich wieder auf den Stuhl gelegt.

»Der Anzug hat sich bewegt!«, japste ich. »Und das Fenster ist dauernd auf- und zugegangen.«

Meine Eltern blickten vom Anzug auf dem Stuhl zum geschlossenen Fenster hinüber.

Mom trat zu mir und legte mir die Hand auf die Stirn. »Spencer, du schwitzt ja. Deine Stirn ist klatschnass. Hast du Fieber?«

»Hattest du einen Albtraum?«, fragte Dad und starrte auf den Anzug, der jetzt ganz still über dem Stuhl lag.

»Jemand war in dem Anzug«, beharrte ich. »Jemand hat ihn angezogen und …«

Mom schüttelte traurig den Kopf und legte mir die Hand auf die Schulter. »Ich habe den Eindruck, irgendwas hat dich vollkommen aufgewühlt«, sagte sie leise.

»Erst die Geschichte beim Abendessen und jetzt das«, murmelte Dad.

»Meinst du, wir sollen dich zu Dr. Rausch bringen?«, fragte Mom.

»Nein«, sagte ich. »Mir geht es gut. Es war wirklich so, wie ich es gesagt habe. Der Anzug …«

Mom und Dad wechselten einen Blick. Ich konnte sehen, dass sie sich Sorgen um mich machten. Und dass sie mir niemals glauben würden.

»Ich schätze, es war wohl wirklich ein Albtraum«, sagte ich und senkte den Blick. »Mehr nicht. Nur ein Albtraum.«

Das schien beide glücklich zu machen. Mom brachte mich zurück ins Bett, und Dad ging hinaus, um mir ein Glas Wasser zu holen. Wenige Minuten später kehrten sie in ihr Schlafzimmer zurück.

Ich setzte mich im Bett auf und dachte angestrengt nach. Dachte an den Anzug … an das Raunen …

Dachte an die Geister aus Scotts Haus.

Und dann schlug ich mir gegen die Stirn. »Ich bin ja so blöd!«, rief ich laut. »Total blöd!«

GRUSELFIEBER

27

»Versteht ihr nicht? Seht ihr denn nicht, wie blöd ich war?«, fragte ich.

Vanessa runzelte die Stirn, Justin und Ed schüttelten die Köpfe.

Ich hatte sie nach der Schule zu mir nach Hause eingeladen. Ich wusste, ihnen würde nicht gefallen, was ich vorhatte. Aber ich brauchte ihre Hilfe. Ich konnte die Sache nicht alleine durchziehen.

»Der Heuler«, sagte ich. »Ich hab den Heuler ganz vergessen.« Dann deutete ich aus dem Fenster. »Er ist noch immer auf Scotts Dachboden. Ich hab ihn dort stehen lassen. Ich hab mich so vor den Geistern gefürchtet. Wir alle haben uns so gefürchtet ... dass ich ihn ganz vergessen hab. Aber jetzt müssen wir ihn zurückholen.«

Vanessa blickte aus dem Fenster zu Scotts Haus hinüber. »Wir sollen dorthin zurück?«

»Du machst Scherze, ja?«, sagte Ed. »Oder hast du schon vergessen, dass wir uns geschworen haben, nie mehr in die Nähe von Scotts Dachboden zu kommen?«

»Hast du schon vergessen, was passiert ist, als wir die Schranktür geöffnet haben?«, fügte Justin hinzu.

»Natürlich hab ich das nicht vergessen«, sagte ich. »Aber diese Geister sind jetzt verschwunden. Sie sind nicht mehr oben auf Scotts Dachboden. Sie sind in *meinem* Haus.«

Alle keuchten erschrocken auf und begannen, mir eine Million Fragen zu stellen. Also berichtete ich ihnen haargenau, was geschehen war. Erzählte vom Geschmiere an der Wand, dem Raunen beim Abendessen, dem Anzug, der sich in der Dunkelheit von selbst erhoben hatte.

»Seltsam«, murmelte Ed.

»Hast du denn gar keine Angst?«, erkundigte sich Justin.

»Doch, riesige sogar«, entgegnete ich. »Aber das ist es mir wert, wenn ich nur Kontakt zu Ian aufnehmen kann.«

Vanessas Augen bohrten sich in meine. »Deshalb willst du zurück auf Scotts Dachboden? Deshalb willst du dir den Heuler wiederholen?«

Ich nickte. »Ein ganzes Jahr lang habe ich mich halb verrückt gemacht und *alles* versucht, um mit meinem Cousin Kontakt aufzunehmen. Und der Heuler steht da jetzt schon seit Tagen herum.«

»Glaubst du denn, dass du damit wirklich Kontakt zu Ian aufnehmen kannst?«, fragte Ed.

»Ich muss es wenigstens versuchen«, erwiderte ich.

Ich lief zur Tür. »Also, lasst uns gehen«, sagte ich. »Wer kommt mit?«

Keiner rührte sich.

»He, nicht alle auf einmal. Kommt schon, ich muss ihn zurückhaben. Und ich will nicht alleine hingehen. Es ist absolut sicher. Auf dem Dachboden ist es jetzt sicherer als in meinem Zimmer.«

»Meinst du wirklich?«, fragte Vanessa.

»Absolut«, sagte ich.

28

Scott empfing uns an der Hintertür. Er schien ziemlich überrascht, uns zu sehen. Und als ich ihm erzählte, warum wir hergekommen waren, war er sogar noch überraschter.

Er fuhr sich durch das dichte schwarze Haar. »Du willst wirklich noch mal auf den Dachboden hoch? Was ist mit den Geistern?«

»Sie sind nicht mehr da oben«, sagte ich. »Ich hab's dir doch schon gestern Abend gesagt – sie sind in mein Haus umgezogen. Ich will mir nur den Heuler holen und mit nach Hause nehmen.«

Scott kicherte. »Wenn du keine Angst vor den Geistern da oben hast, Spencer, warum hast du dann drei Freunde mitgebracht?«

»Okay, okay. Ich hatte Angst, es alleine zu machen«, gab ich zu. »Ich dachte, es wäre sicherer, wenn wir zu mehreren hochgehen.«

»Meine Eltern sind nicht zu Hause«, sagte Scott. »Wenn etwas passiert …«

»Ich will mir nur schnell den Heuler schnappen und dann bin ich schon wieder draußen«, redete ich auf ihn ein. »Es wird nichts passieren.«

Scott zuckte die Achseln. »Na schön.« Er führte uns die Stufen hoch.

Ich half ihm dabei, die Falltür herunterzuziehen. Danach stellte er sich schnell hinter Ed und Justin. »Ich gehe nicht als Erster rauf«, sagte er.

»Kein Problem«, meinte ich. »Die Geister sind nicht da oben. Du wirst schon sehen.« Ich begann, die Stufen hochzugehen.

Meine drei Freunde folgten mir und als Letzter stieg Scott hinauf.

Ich blickte mich auf dem Dachboden um. Die Nachmittagssonne schien durch das verstaubte Fenster herein. Wo das Sonnenlicht nicht mehr hinkam, nahmen dunkle Schatten den Raum ein. Der Heuler war noch dort, wo wir ihn hatten stehen lassen: neben dem Schrank. Die Schranktür stand weit offen.

»Können wir uns nur schnell den Heuler schnappen und dann machen, dass wir von hier fortkommen?«, fragte Justin. Seine Stimme war brüchig vor Angst.

Ich kam nicht dazu, ihm zu antworten.

Ein hoher Schrei – ohrenbetäubend und schrill wie ein Pfiff – drang plötzlich durch den Raum.

Ich hielt mir die Ohren zu, als der Schrei anschwoll. Ein scharfer Schmerz schoss mir durch den Kopf – hinter den Augen –, bis ich das Gefühl hatte, mir würden gleich die Augen herausfallen.

»Lasst uns verschwinden!«, rief ich. Aber meine Stimme wurde von dem schrillen Heulen übertönt.

Und dann tauchten die Geister auf: Fünf heulende Gestalten tänzelten aus dem offenen Schrank heraus. Ich sah einen Mann und eine Frau, noch eine Frau, die sehr alt war, einen Jungen und ein Mädchen. Sie trugen altmodische Kleidung, die zerfetzt und verblichen war.

Ihre blasse gräuliche Haut spannte sich eng um ihre Schädel. An einigen Stellen fehlte die Haut und gelblich verfärbte Knochen waren zu erkennen. Büschel spinnwebenartiger Haare sprossen aus ihrer ansonsten kahlen Kopfhaut.

Mit zurückgeworfenen Köpfen heulten sie im Chor, es war ein trommelfellzerberstender Laut. Sie hielten sich an den Händen und tanzten unter lautem Geheule einen fröhlichen Tanz, einen Tanz des Triumphes.

Mit ihren schweren, altmodischen Schuhen stampften sie über den Boden – ohne jedoch ein Geräusch zu machen. Völlig versunken in ihr rasendes Tänzchen, schienen sie uns zuerst gar nicht zu bemerken.

Aber dann fiel der Blick der alten Frau auf mich und sie hielt in ihrem wilden Treiben inne. Die anderen hörten ebenfalls auf zu tanzen. Die Luft auf dem Dachboden wurde mit einem Mal frostig und roch streng.

Es war jetzt so still, dass ich mein Herz gegen meinen Brustkorb hämmern hörte.

Ich wirbelte herum und rannte los. Scott war bereits auf halbem Weg die Stufen hinunter. Ed, Justin und Vanessa waren direkt hinter mir.

Wir stolperten die Stufen vom Dachboden hinunter und rannten weiter.

Das schrille Geheule der Gespenster erhob sich wieder. Es verfolgte uns. Wurde höher, lauter und aufgeregter – war dicht hinter uns.

Mein Atem entwich in pfeifenden, keuchenden Zügen, während ich weiter- und weiterlief. Die Stufen, die Wände, die Räume – alles war nur noch ein verschwommener Fleck in meinem dröhnenden Kopf.

Ich stürzte Scott nach in die Küche. Er erreichte als Erster die Hintertür. Packte den Türgriff …

… und schrie vor Schmerz laut auf.

»Ich klebe fest. Meine Hand klebt fest!«

Er zerrte daran und wand sich. Dann versuchte er, mit seiner freien Hand die festgeklebte vom Türgriff zu lösen.

»Helft mir doch! AUUUUUUUU! Jetzt fängt es auch noch an zu brennen!«

Ed und Justin rührten sich nicht. Mit offenen Mündern und hervorquellenden Augen starrten sie stumm auf Scotts Hand.

Vanessa und ich drängten uns an ihnen vorbei. Scotts Handfläche klebte am Messinggriff. Seine Finger waren hellrot angelaufen. Vor unseren Augen färbten sie sich dunkelrot.

»Tut doch was!«, heulte Scott. »Es ist, als wäre ich festgeschweißt!«

Vorsichtig versuchte ich, seine Finger vom Griff zu hebeln.

Aber Scott schrie vor Schmerzen auf.

Ich packte seine ganze Hand und wollte sie drehen, sie vom Griff herunterschieben.

»Das … das funktioniert nicht«, stöhnte Scott. »Ich komm nicht frei. Lass los, Spencer.«

Ich versuchte, meine Hand wegzunehmen. »Oh nein!«, rief ich und zog noch mal daran. Ich drehte meine Hand und zerrte kräftig.

»AU! Was machst du denn da?«, schrie Scott. »Weg von mir! Lass *los*!«

»Meine Hand …«, ächzte ich. »Sie klebt an deiner fest.«

GRUSELFIEBER

29

Wir drehten, zogen und zerrten an unseren Händen. Ich biss die Zähne zusammen und versuchte es mit aller Kraft.

Aber meine Handfläche klebte wie zusammengewachsen an Scotts Handrücken. Und seine Hand klebte am Türgriff.

Das Heulen hinter uns wurde lauter. Der kalte, faulige Wind wehte in die Küche. Ich wusste, die schreienden Gespenster waren nicht weit.

Vanessa lief zu mir. »Lass es mich versuchen«, sagte sie.

»NEIN!«, schrie ich. »Bleib weg! Fass uns nicht an!«

Mit vor Entsetzen weit aufgerissenen Augen starrte Vanessa auf Scott und mich, starrte auf unsere aneinander geschweißten Hände.

Plötzlich wurde es totenstill in der Küche.

Als ich den Kopf drehte, entdeckte ich die fünf Geister. Sie glotzten uns an. Es war eine Familie. Eine Geisterfamilie. Großmutter, Vater und Mutter, zwei Kinder.

»Sie … sie sind gekommen, um uns zu holen«, flüsterte Vanessa.

Ja. Sie bewegten sich jetzt schnell voran. Schwebten still um den Küchentisch.

Mit ihren leeren Augen fixierten sie uns kalt. Ihre Gesichter waren wutverzerrt.

Während sie auf uns zukamen, drehte und zerrte ich kräftig an meiner Hand, um mich zu befreien. Aber ich kam nicht los.

Ich wollte laut schreien, doch Panik schnürte mir die Kehle zu.

Justin und Ed wichen an die Wand zurück. Vanessa kauerte sich mit angespannten Muskeln zusammen, beide Hände zu Fäusten geballt.

»In der Falle…«, krächzte die alte Frau. *»Ihr sitzt in der Falle.«*

Geräuschlos schwebten die Geister über den Boden und begannen, uns zu umringen. Dabei veränderten sie sich.

Ihnen fielen die Haarbüschel aus. Ihre Gesichter schmolzen weg und ließen zahnlose, totenkopfähnliche Schädel mit offen stehenden Kiefern zum Vorschein kommen.

Sie schwebten aus ihren Kleidern heraus.

Erschrocken stöhnte ich auf.

Keine Haut bedeckte ihre Leiber. Kein einziger Fetzen Haut. Ihre Knochen klapperten bei jeder Bewegung. Es klirrte und knirschte, wenn Knochen sich an Knochen rieb.

Und während sie immer näher kamen, warfen sie ihre Schädel in den Nacken. Wieder drang ein scheußliches, hohes Heulen aus ihren zahnlosen Mündern.

»IIIIIIIIIIIIIIIIII!«

Das war kein Laut von Lebenden. Das war der Schrei der Toten. Voller Schmerz und Wut. Ein uralter Schrei, der endlich seine Stimme fand.

»IIIIIIIIIIIIIIIIIII!«

Kreischend, mit zurückgelegtem Schädel und klappernden Knochen, sprang der Geistervater auf Justin zu.

Das Geistermädchen schwebte über Vanessa. Vanessa

schwang die Fäuste, konnte das Geistermädchen aber nicht verjagen.

Scott und ich kämpften, zerrten und wanden uns. Unsere Hände brannten. Festgeklebt. Es gab kein Entrinnen.

Kein Entrinnen …

Die Mutter und der Sohn senkten die Schultern, hoben die Knochenarme und griffen uns an.

Ich öffnete den Mund zu einem Schrei, als der Junge den Kopf vorbeugte und seinen zahnlosen Kiefer um meine Schulter schloss wie eine Schraubzwinge.

Drehend und mich windend, verzweifelt bemüht, meine Hand zu befreien, schloss ich die Augen und wartete auf den Schmerz.

Wartete …

Und wartete …

Aber kein Schmerz kam. Ich öffnete die Augen wieder. Der Kiefer des Jungen war geradewegs durch mich hindurchgeglitten!

Er hob die knochige Hand, ballte sie wütend zur Faust und hieb sie mir in den Magen.

Aber ich fühlte nichts. Seine Hand schoss durch mich hindurch und kam auf der anderen Seite wieder heraus.

Ich schaute zu Vanessa, die mitten durch das Skelett des Geistermädchens sprang.

Justin rang mit dem Vater, duckte sich und wich ihm blitzschnell aus.

Dann drang Justins Kopf durch die Brust des Geistes. »Ich – ich spüre ihn nicht!«, schrie Justin.

»Sie können uns nicht berühren!«, rief Vanessa. »Sie können uns nichts tun!«

»IIIIIIIIIIIIIIIIIII!« Die Geister machten ihrem Unglück und ihrer Wut lautstark Luft.

»Wir können euch sehr wohl was tun«, krächzte der Junge und deutete mit seinem knochigen Finger auf Vanessa. *»Wir werden dazu viel Zeit haben.«*

»In der Falle…«, wiederholte die alte Frau. Sie öffnete den zahnlosen, verfaulten Mund und lachte meckernd. Es klang mehr wie ein hässliches, trockenes Husten. *»In der Falle.«*

»Ihr werdet dieses Haus nie mehr verlassen!«, schrie der Geistervater.

»Unser Haus! Unser Gefängnis!«, kreischte die Mutter. *»Jetzt wird es eures sein!«*

GRUSELFIEBER 30

Unter Geheule und meckerndem Lachen lösten sich die Geister langsam in Luft auf.

Die plötzliche Stille war beinahe genauso Furcht erregend wie die grässlichen Schreie. Hastig blickte ich mich in der Küche um. Die Geister waren verschwunden – aber für wie lange?

»He!« Ich stieß einen verblüfften Schrei aus, als ich bemerkte, dass meine Hand frei war.

Scott richtete sich ebenfalls auf, hielt sich die Hand und schüttelte sie. Sie war dunkelrot und geschwollen. »Sie … ist einfach vom Türgriff abgefallen!«

Ich blickte auf meine Hand hinunter, drückte sie vorsichtig und bewegte die Finger, bis der Schmerz nachließ. »Vielleicht haben uns die Geister freigelassen, als sie verschwunden sind.«

»Ist mir auch egal!«, rief Scott. »Lasst uns abhauen!« Er versuchte abermals, die Tür zu öffnen. »Sie geht immer noch nicht auf!«

»Was nun?«, wollte Vanessa wissen.

»Wir können aus einem Fenster klettern«, schlug Scott vor. »Beim Fenster im Fernsehzimmer ist es ganz einfach.«

»Ja!«, rief ich und stieß die Faust in die Luft.

Wir rannten in Richtung Fernsehzimmer. Aber im Wohnzimmer blieb ich plötzlich stehen.

Mein Blick war an etwas auf dem Tisch neben der Couch hängen geblieben. »Das Telefon!«, rief ich.

Ich stürzte quer durch den Raum. »Wir können Hilfe rufen. Jemand kann kommen und uns hier rausholen!«

»Mach schnell – bitte!«, flehte Vanessa.

»Ja!« Ich nahm das Telefon – und wählte den Notruf.

GRUSELFIEBER 31

Nachdem ich den Notruf angewählt hatte, hielt ich mir das Telefon ans Ohr und lauschte.

Eine oder zwei Sekunden lang war alles still, doch dann …

»*Hahahahahaha!*« Ein hohes, schrilles Meckern ertönte. Es klang blechern und wie aus weiter Ferne.

Blitzschnell riss ich das Telefon vom Ohr. Aber das hässliche Gelächter dröhnte weiter daraus hervor.

Mit einem ärgerlichen Grunzen warf ich das Telefon auf den Boden. »Wir können nicht nach draußen telefonieren«, informierte ich meine Freunde. Noch immer war das blecherne Gelächter aus dem Telefon zu hören.

»Nichts wie *raus* hier!«, rief Justin. »Was stehen wir hier noch herum?«

Er rannte ins Fernsehzimmer, wir anderen hetzten ihm nach.

Das Fenster hinter der Couch ging auf die Seite des Hauses hinaus. Justin beugte sich über die Couch und streckte die Hand aus, um es zu öffnen.

»Nein – fass es nicht an!«, schrie ich.

Justin wich zurück.

»Es könnte heiß sein oder so«, warnte ich ihn.

Justins Blick war jetzt wie irre und sein Gesicht puterrot. »Dann schlagen wir die Fensterscheibe ein und springen raus«, sagte er atemlos.

Er hechtete durch den Raum zum Kamin, packte einen schwarzen schmiedeeisernen Schürhaken, hob ihn in die Luft und stürmte damit auf das Fenster zu.

Auf halbem Weg durch den Raum blieb er abrupt stehen. Ihm traten die Augen aus dem Kopf und sein Mund öffnete sich zu einem überraschten Schrei.

Der Schürhaken fiel ihm aus der Hand und schlug scheppernd auf dem Boden auf.

»Justin, was ist los?«, kreischte ich.

Aber er antwortete nicht. Stattdessen streckte er die

Arme aus und spannte die Beine an, um sich zu bewegen. Ächzend senkte er die Schulter, als wollte er etwas aus dem Weg schieben.

Er kämpfte und mühte sich ab, kam aber nicht von der Stelle.

War es eine Art unsichtbare Wand? Eine Geistermacht, die ihn an Ort und Stelle bannte?

Ich sprang nach vorn und streckte die Hände aus, um ihm zu helfen.

Aber zu spät.

Die Macht, die Justin festhielt, wirbelte ihn herum – und ließ ihn mit dem Kopf voran auf die Wand zusausen.

Mit angehaltenem Atem wartete ich darauf, dass er gegen die Holzvertäfelung schlug und zu Boden sackte.

Aber das geschah nicht.

Sein Kopf …

Sein Kopf glitt … in die Wand.

Verschwand im Holz. Seine Schultern folgten.

Als wäre er von einer Kanone abgeschossen worden, dachte ich. Als würde ihn die Wand verschlucken, ihn im Ganzen verschlucken. Sein Körper verschwand bis zur Taille, sodass seine Beine in der Luft baumelten. Justin trat mit den Füßen um sich, kämpfte, kämpfte hilflos, während er weiter in die Wand glitt.

»Haltet ihn fest! Rettet ihn!«, schrie Ed. »Lasst ihn nicht verschwinden!«

Mit einem verzweifelten Aufschrei sprang er nach vorn und packte Justin an den Füßen.

Stöhnend lehnte er sich nach hinten und zerrte mit aller Kraft an Justins Füßen.

»Ich … ich kann ihn … nicht festhalten«, flüsterte Ed.

Justins Turnschuhe flutschten in die Wand hinein.

Ich stieß einen Schrei aus, als auch Eds Hände hineingesogen wurden.

Ed schrie, schrie gleich darauf noch einmal.

Seine Arme glitten ins Holz, als würde er von einer mächtigen Kraft eingesaugt werden.

Und dann brachen Eds Schreie schlagartig ab, als sein Kopf in die Wand gezogen wurde. Ein feuchtes *Schnalzen* ertönte – und schon glitt Eds Kopf in die Wand.

Seine Schultern verschwanden.

Dann sein ganzer Körper.

Seine Schuhe glitten in das Holz, dann verschwanden sie.

Verschwanden.

Meine zwei Freunde. Fort.

Scott, Vanessa und ich starrten ungläubig auf die holzvertäfelte Wand. Sie war jetzt wieder ganz glatt. Ohne eine Schramme oder einen Kratzer. Ohne ein Loch, wo die beiden Körper eben hineingesogen worden waren.

»W-wo sind sie hin?«, presste Vanessa erstickt hervor.

Scott sackte auf die Knie. Sein Körper wurde von einem Schauder nach dem anderen geschüttelt. »Sind … sind sie tot? Sind sie jetzt auch *Geister*? Ist es das, was die Geisterfamilie mit uns allen vorhat?«

Das Herz hämmerte mir gegen den Brustkorb. Ich konnte meine Augen nicht von der Wand abwenden. Sind sie für immer verschwunden?, fragte ich mich. Ohne jede Spur? Ist denn nichts von ihnen übrig? Ich schaute zum Schürhaken am Boden. Ich wollte ihn hochnehmen und umhersausen lassen.

Ich wollte damit die Wand einschlagen und meine Freunde finden. Dann wollte ich ihn weiter schwingen. Weiter und weiter. Ich wollte die Geister vernichten, die uns das angetan hatten.

Aber meine Angst gewann bald die Oberhand über meine Wut.

Es waren nur noch drei von uns übrig. Nur drei.

Wir mussten sehr vorsichtig sein.

»Was sollen wir jetzt tun?«, flüsterte Vanessa. »Hat jemand eine Idee?«

Bevor Scott oder ich antworten konnten, hörten wir ein Geräusch. Das Hupen eines Autos. Es kam von der Vorderseite des Hauses.

Wir rannten zum Wohnzimmerfenster und sahen gerade noch, wie ein Wagen die Einfahrt hinauffuhr.

»Meine Eltern!«, rief Scott.

GRUSELFIEBER

32

Wir beobachteten, wie ihr blauer Saturn knirschend die schneebedeckte Einfahrt heraufkam und auf die Garage hinten am Haus zusteuerte. Scotts Dad hupte wieder, damit Scott wusste, dass sie nach Hause kamen.

»Wir müssen sie warnen«, sagte Scott mit vor Angst weit aufgerissenen Augen. »Wir müssen sie warnen, damit sie nicht reinkommen.«

Er wollte in den hinteren Bereich des Hauses laufen,

aber ich hielt ihn an den Schultern fest. »Nein, Scott – warte«, flehte ich. »Das könnte unsere Chance sein. Vielleicht unsere letzte Chance.«

Er wirbelte herum. »Du meinst …«

»Vielleicht können sie die Tür von außen öffnen«, sagte Vanessa aufgeregt. »Wir können uns selbst nicht rauslassen. Aber vielleicht können *sie* uns rauslassen.«

Eine Autotür wurde zugeknallt. Dann eine zweite. Scotts Eltern bahnten sich den Weg zur Hintertür.

Wir liefen in die Küche. Ich konnte sie draußen vor dem Fenster sehen. Sie waren neben der Einfahrt stehen geblieben, um sich einen Teil der Hecke anzusehen, der sich schief vornüber geneigt hatte.

»Beeilung!«, rief ich. »Los – bitte!«

Dann hörte ich einen verblüfften Schrei. Ich wandte mich vom Fenster ab und sah Scott herumwirbeln.

»Helft mir!«, schrie er. Die Arme flogen ihm vom Körper weg. Das schwarze Haar flatterte ihm um den Kopf – während sein ganzer Körper sich im Kreis drehte. Schneller und schneller. Wie ein Kreisel, der an Tempo gewann.

»Helft mir!« Sein Schrei war jetzt schon schwächer, gedämpft von dem starken Wind, den die Drehungen erzeugten. Scott wirbelte durchs Zimmer, hilflos, gefangen von einer unsichtbaren Macht, die ihn unbarmherzig herumschleuderte.

»Ohhhh … Hillllfe.«

Ich sah, wie seine sich drehenden Füße vom Boden abhoben.

Vanessa packte mich am Arm, während wir entsetzt die Szene verfolgten, Scott beobachteten, der schneller und schneller herumwirbelte – so schnell, dass er nur noch als verschwommener Farbfleck zu erkennen war.

Er schraubte sich hinauf, hinauf zur Küchendecke.

»Oh nein«, flüsterte ich mit Blick auf die Decke. Sie brodelte. Die Küchendecke war jetzt flüssig, war eine cremige, weiße, blubbernde Masse.

Sie machte ein Übelkeit erregendes, saugendes Geräusch, als Scotts Kopf sich hineinbohrte. Die cremige Flüssigkeit blubberte und warf Falten.

Mit noch schnelleren Drehungen glitt auch Scotts Rumpf hinauf in die nasse Decke.

Seine Arme flatterten wie verrückt um ihn. Mit den Beinen kickte er in die wirbelnde Luft.

Schluurrrrrppp.

Wieder war ein lautes, saugendes Geräusch zu hören, als seine Schultern in die blubbernde, nasse Decke glitten.

In Sekundenschnelle war er verschwunden.

Die Decke wurde wieder hart und glatt.

Keine Spur blieb von ihm. Nicht die geringste Spur.

Vanessa und ich starrten einander an. Ihre Hand lag noch immer auf meinem Arm. Wir zitterten.

»Jetzt sind nur noch wir beide übrig«, flüsterte Vanessa.

Wir taumelten zur Hintertür und achteten darauf, einen gewissen Abstand zu halten. Dann riefen wir nach Scotts Eltern.

»Helfen Sie uns!«

»Bitte – beeilen Sie sich!«

»Holen Sie uns hier raus!«

Scotts Eltern kehrten der Hecke den Rücken zu. Ihre Gesichter nahmen einen verwirrten Ausdruck an. Sie schauten sich um, als versuchten sie herauszufinden, woher die Stimmen kamen.

Endlich entdeckte Scotts Mutter Vanessa und mich durch das Fenster in der Hintertür. Ihr Mund öffnete sich vor Überraschung. Sie griff nach der Hand ihres Mannes und zeigte auf Vanessa und mich.

»Bitte – beeilen Sie sich!«, rief Vanessa. »Öffnen Sie die Tür!«

Die beiden joggten durch den Schnee auf uns zu. Beim Laufen stieg ihr Atem in weißen Dampfwölkchen auf.

Sie kamen vier oder fünf Schritte weit, ehe sie einzusinken begannen. Beide schrien gleichzeitig auf.

Sie rissen die Arme hoch und die Handtasche von Scotts Mutter segelte in den Schnee.

Die beiden sanken sehr rasch ein.

Der Schnee spritzte um sie herum hoch, als wären sie in eine riesige Pfütze getreten. Sogar drinnen im Haus konnte ich das Geräusch hören: *Wuuusch.*

Hohe Wellen glitzernden weißen Schnees umgaben sie. Und als die Wellen in sich zusammenschlugen, rissen sie Scotts Eltern mit.

Sie schrien schrill vor Entsetzen und Schock und kreischend glitten sie immer weiter hinab und hinab.

Sie ruderten wild mit den Armen, versuchten, irgendwo am Boden Halt zu finden, und mühten sich ab, mit den Köpfen über den Schneemassen zu bleiben. Panisch droschen sie auf den Schnee ein.

Schrien … und schrien.

Ich konnte die Schreie noch lange hören, nachdem ihre Köpfe unter dem Schnee verschwunden waren.

Dann war alles still.

Der Schnee lag wieder flach und glatt da. Ein sanfter Windstoß wehte ein wenig glitzernden Pulverschnee über den Boden.

Stille.

Schaudernd und am ganzen Körper zitternd, schauten Vanessa und ich einander an. Jetzt waren wir mutterseelenallein.

Mutterseelenallein in einem Haus voll wütender Geister. Geister, die Rache wollten.

Ich drehte mich von der Hintertür weg. Ich mochte den glatten Schnee nicht sehen. Den Schnee, der gerade eben Scotts Eltern verschluckt hatte. Unsere letzte Hoffnung.

»Was machen wir jetzt?«, fragte Vanessa mit dünner Stimme. »Einfach darauf warten, dass sie uns auch kriegen?«

Ihre Frage jagte mir einen Schauder über den Rücken.

Da hörte ich ein Knarren der Dielenbretter vorne im Haus und ein Raunen. Ein kicherndes Gelächter. Und das sanfte Schaben von Gespensterschritten.

Kamen sie jetzt, um uns zu holen?

Würden wir ebenfalls verschwinden, so wie all die anderen?

Ich versuchte, mir vorzustellen, wie es sich wohl anfühlte, mit dem Kopf voran in die Wand gesaugt zu werden. Oder in die Decke eingesogen. Wie sehr würde das wehtun?

Ich schloss die Augen. Vor Panik wirbelten mir lauter verrückte Gedanken im Kopf herum.

Wo konnten wir uns verstecken? Wie versteckt man sich vor Geistern?

Aber selbst wenn wir uns versteckten – wie lange konnten wir in diesem Spukhaus überleben?

»Der Heuler.« Die Worte waren mir herausgerutscht. Ich öffnete die Augen und blickte Vanessa an. »Ja, der Heuler«, wiederholte ich.

»Was ist damit?«, flüsterte Vanessa.

»Vielleicht können wir das Ganze umkehren, diese Geister wieder zurück in den Schrank schicken.«

Vanessa schüttelte unglücklich den Kopf. »Das wird nicht funktionieren, Spencer. Der Heuler hat die Geister nicht herbeigerufen. Er hat sie nicht befreit. Wir haben die Schranktür geöffnet oder hast du das schon vergessen? So sind sie entkommen. Durch den Heuler haben wir nur ihr Klagen gehört.«

Ich starrte sie an, während die Gedanken nur so in meinem Kopf umherwirbelten. Sie hatte Recht.

Aber ich hatte schon eine neue Idee. »Ian. Was, wenn wir über den Heuler mit Ian in Kontakt treten?«, sagte ich. »Würde er uns helfen, hier rauszukommen?«

Ich nahm Vanessa bei der Hand und zog sie zur Treppe. »Los, die Geister werden uns nicht viel Zeit lassen. Vielleicht … vielleicht können wir mit ihm in Kontakt treten.«

»Einen Versuch ist es wert«, sagte Vanessa. Und dann fügte sie mit zitternder Stimme hinzu: »Glaube ich zumindest.«

GRUSELFIEBER

33

Wir machten uns auf den Weg zum Dachboden. Draußen verschwand die Sonne hinter den Bäumen. Auf dem Dachboden war es dunkel. Ich rechnete fest damit, die Geisterfamilie zu sehen. Erwartete, sie auf uns zuschweben zu sehen, schimmernd in der graublauen Dunkelheit, heulend, ihre totenkopfartigen Gesichter vor Wut leuchtend.

Aber der Dachboden war leer und still.

Aneinander gedrängt durchquerten Vanessa und ich den Raum bis zum Heuler, der noch auf dem Karton stand, wo wir ihn zurückgelassen hatten. Wir knieten uns davor hin.

Ich drehte den Einschaltknopf und sah zu, wie die gelbe Skala aufleuchtete. Ich ließ das Gerät ein paar Sekunden aufwärmen.

Würde es klappen? Es war eine verrücke Idee. Aber unsere Freunde waren alle verschwunden. Vanessa und ich wären als Nächste an der Reihe. Ich war zum Äußersten entschlossen.

Ich schob mein Gesicht näher an den Lautsprecher heran und drückte die rote Taste.

»Hallo?« Meine Stimme klang dünn und schwach. »Hallo?«, versuchte ich es erneut. »Ian? Ich bin's – Spencer. Bist du da? Kannst du mich hören?«

Stille.

Ich spürte Vanessas eiskalte Hand auf meiner Schulter. »Das ist total verrückt«, murmelte sie.

Ich beugte mich wieder über den Heuler und rief hinein: »Hallo? Ian? Bitte! Ian – bist du da?«

Vanessa und ich starrten auf die gelb leuchtende Skala und warteten auf eine Antwort. Warteten …

Es wird nicht klappen, wurde mir klar. Ich verschwende hier nur meine Zeit.

Wir sind verloren. Rettungslos verloren.

Das war mein letzter Gedanke – mein letzter düsterer Gedanke –, bevor der Heuler explodierte.

GRUSELFIEBER 34

Der Heuler explodierte ohne jegliche Vorwarnung.

Ich hörte die Druckwelle erst, als ich nach hinten geworfen und gegen die Wand geschleudert wurde.

Die auflodernden Flammen waren so hell, dass ich sie sogar durch meine geschlossenen Augenlider sehen konnte.

Und dann, während der Schmerz in meinem Körper raste, hörte ich die Explosion. Einen lauten Knall, der meine Knochen klappern und meine Zähne vibrieren ließ.

Der Dachboden schaukelte hin und her. Ich sah neue Flammen auflodern. Und dann wurde alles schwarz um mich herum.

Als ich die Augen wieder aufschlug, erblickte ich eine schimmernde Wand gelber und orangefarbener Flammen.

Ich holte tief Luft und musste husten. Dichter schwarzer Rauch füllte den Dachboden.

»Ich … lebe noch«, murmelte ich. Mein Rücken und meine Schultern schmerzten. Aber ich fühlte, wie meine Kraft langsam zurückkehrte. Ich war mit dem Rücken gegen die Wand geschleudert worden und hievte mich nun wieder auf die Füße.

Flammen prasselten und knisterten und züngelten zur Decke des Dachbodens hinauf.

»Vanessa?«, rief ich mit vom Rauch heiserer Stimme. »Vanessa – bist du okay?«

Sie torkelte durch den wirbelnden Rauch auf mich zu. Schwarze Asche hing ihr im Haar. Ihr Pulli war zerrissen und ich sah eine Schnittwunde an ihrer rechten Schulter.

»Raus. Wir müssen hier raus«, flüsterte sie und fasste sich an die Kehle.

Ein Flammenmeer umgab uns. Ringsum nur tanzende Flammen. Hinter der Flammenwand schienen die Wände zu schmelzen, wie das Wachs einer brennenden Kerze.

Benommen drehte ich mich um und suchte nach den Stufen. Dabei entdeckte ich die Gesichter. Die Gesichter der Geisterfamilie in der schmelzenden Wand.

Der Bruder und die Schwester, ihre Eltern, die Großmutter. Ich konnte sie ganz deutlich durch die Flammen sehen. Sie lachten. Lachten und heulten. Die grässlichen Laute erhoben sich über das Knistern der Flammen hinweg.

Und dann schwebten die heulenden Geister von der Wand weg, sausten auf Vanessa und mich zu.

Ohne ein Wort zu verlieren, drehten wir uns um und rannten los. Der dichte, bittere Rauch ließ uns würgen.

Vanessa erreichte die Stufen als Erste. Wir stürmten hinunter. Das Geheule und Lachen der Geister verfolgte uns. Wir hatten die Dachbodenstiege hinter uns gelassen und sprangen auf die Treppe zu.

Mit meckerndem Lachen und wie die Wölfe heulend, jagte die Geisterfamilie hinter uns her.

Vanessa und ich torkelten ins Wohnzimmer, wo wir von einer weiteren Explosion empfangen wurden. Die Wände bebten. Die Vorhänge bauschten sich. Und das vordere Fenster zerbarst. Glasscherben flogen in alle Richtungen.

Hinter uns sah ich die Geister die Stufen herunterschweben. Sie waren von Flammen bedeckt. Die roten und orangefarbenen Flammen züngelten an ihren Leibern hoch.

Die fünf Geister starrten uns an, während sie sich durch den Raum bewegten. Sie glotzten uns aus ihren hohlen Augen an. Aus dunklen Löchern, wo eigentlich Augen sein sollten. Als sie näher kamen, konnte ich in ihren leeren Augenhöhlen Flammen flackern sehen.

Ich drehte mich zu Vanessa um und deutete auf das Fenster. »Los, wir können jetzt raus.«

Wir sprangen durch das zerbrochene Vorderfenster und stürzten in den Schnee.

Ich erlitt fast einen Kälteschock. Fröstelnd sprang ich auf.

Vanessa war bereits auf den Beinen. Sie nahm meine Hand und zog mich zur Straße.

Schlitternd und rutschend rannten wir über den vereisten Schnee. Mein pfeifender Atem stieg als feiner weißer Dampf vor mir auf.

Machten die Geister weiter Jagd auf uns?

Ja.

Ich warf einen Blick zurück und sah sie aus dem Fenster stürzen – es glich einer Explosion heulender Flammen. Sie rollten über den Schnee und kamen kreischend hinter uns her, auf allen vieren wie wilde Tiere. Beim Laufen erloschen ihre Flammen und ihre Leiber färbten sich blau.

Ich starrte mit offenem Mund auf die fünf leuchtenden, blauen Gestalten, die heulten, lachten und schrien, während sie über den Schnee galoppierten.

Ich wirbelte wieder herum und rannte hinter Vanessa her. Sie war bereits eine Straße weiter und wurde schneller, ihr rotes Haar flatterte wild hinter ihr her.

Wir jagten auch dann noch weiter, als wir schon den See erreicht hatten. Es war, als hätte uns eine unsichtbare Macht hierher gezogen. Wir blieben nicht stehen, um nachzudenken. Wir rasten über die vereiste Oberfläche.

Und dann war es zu spät, um umzukehren.

Die Geister zögerten keine Sekunde am Ufer. Sie rollten auf das Eis und richteten sich dann auf zwei Beine auf. Mühelos glitten sie dahin, die leeren Augenhöhlen auf uns gerichtet.

»W-wo können wir hin?«, rief Vanessa, die Hände ans Gesicht gedrückt. »Wir haben einen schrecklichen Fehler gemacht.«

Wir rannten weiter auf den See hinaus. Mit den Schuhen wirbelten wir Schnee von der harten grauen Eisfläche auf.

»Vielleicht können wir ihnen ja davonlaufen«, keuchte ich und rang nach Atem. »Wenn wir es schaffen, an ihnen vorbeizukommen … zurück ans Ufer zu gelangen …« Mir versagte die Stimme.

Es ist hoffnungslos, dachte ich. *Wir waren ja so dumm.*

In einen eisig kalten Blauton getaucht, umringten uns die Geister. Ihr Gelächter drang laut über das Eis und hallte von den Bäumen am Ufer wider.

Sie wussten, dass wir in der Falle saßen.

Heulend und mit geballten Fäusten rückten sie uns auf den Leib.

Je näher sie kamen, desto schneller umkreisten sie uns. Schneller und schneller.

Sie drehten sich um uns herum wie ein kalter blauer Zyklon.

Da hörte ich das Eis knacken.

Die Geister schossen um uns herum, wirbelten im Kreis um uns herum.

»Sie – sie erhitzen das Eis!«, rief ich.

Noch ein ratschendes *Knacken* ertönte.

Das Eis verzog sich und bekam Risse. Ich konnte sehen, wie es unter uns auseinander zu brechen begann.

»Wir – wir gehen unter!«, schrie ich.

35

Vorsichtig versuchte ich, mich zu bewegen. Aber ich konnte fühlen, wie das Eis unter mir nachgab.

Die Geister umkreisten uns weiter, wirbelten immer schneller um uns herum.

Das Eis knackte wieder. Diesmal lauter. Ich konnte spüren, wie es auseinander brach, wie es sich bewegte. Es war kurz davor, ganz nachzugeben. Ich holte tief Luft und bereitete mich innerlich darauf vor einzusinken.

Knackckckck.

Eine dicke Eisscheibe schnellte in die Höhe. Darunter sah ich wogendes, dunkles Wasser.

Und dann sah ich …

Ich sah …

… wie ein Junge aus dem Wasser herausschwebte. Ein Junge, der in einen blauen Schein getaucht war.

Die Arme hatte er vor seiner Daunenweste verschränkt. Sein Körper war steif aufgerichtet, sein Rücken gerade, jeder Muskel angespannt.

Ich erkannte ihn sofort.

»Ian!«, rief ich. »Ian! Du warst es! Du warst es wirklich, den ich neulich nachts auf dem Eis gesehen habe!«

Mit einem Mal war ich so glücklich, so froh, ihn zu sehen – bis ich den kalten, wütenden Ausdruck auf seinem Gesicht bemerkte. Durch den blauen Lichtschein konnte ich seine zornig verengten Augen sehen, seinen wutverzerrten Mund.

Er hob steif die Arme und schwankte auf mich zu, bereit mich zu erwürgen.

»Nein, Ian! Bitte nicht!«, schrie ich. »Ian! Tu's nicht!«

36

Die Geisterfamilie hörte auf herumzuwirbeln. Sie kauerten jetzt dicht nebeneinander, die leeren Augenhöhlen auf Ian gerichtet.

Ians Hände waren zu festen Fäusten geballt. Er machte einen weiteren Schritt über das Eis, und mir wurde klar, dass er Schlittschuhe trug. Die Schlittschuhe meines Bruders. Die, in denen Ian ertrunken war.

»Ian – bitte!«, bettelte ich und starrte in sein nasses blaues Gesicht. »Ich habe damals versucht, dich zu retten. Ehrenwort!«

Er ging noch einen steifen, drohenden Schritt auf mich zu. Endlich ergriff er das Wort. »Ich weiß, dass du es versucht hast, Spencer.« Seine Stimme war gedämpft, wie ein schwaches Flüstern, das von weit her kam. »Du hast dein Leben für mich riskiert. Du bist dabei fast selbst ertrunken.«

Er machte einen weiteren Schritt nach vorn. »Deshalb bin ich hier geblieben«, sagte er. »Ich bin die ganze Zeit hier geblieben. Ich wollte dir dafür danken, dass du versucht hast, mich zu retten. Aber ich war so schwach … zu schwach, um mit dir Kontakt aufzunehmen.«

»Du – du warst das ganze Jahr über hier?«, flüsterte ich.

Er nickte. »Aber ich war zu schwach. Zu schwach … Endlich hab ich mich stark genug gefühlt. Ich habe versucht, dir mitzuteilen, dass ich hier bin.«

»Ich – ich verstehe nicht«, sagte ich.

»In jener Nacht auf dem zugefrorenen See. Ich hab einen Handschuh auf dem Eis gefunden. Ich hab ihn angezogen und nach dir gegriffen. Aber ich war so schwach …«

»Das warst also du!«, stieß ich hervor.

»Und die rote Farbe«, fuhr Ian fort. »Ich wollte meinen Namen auf deine Wand schreiben. Aber ich war so müde, nachdem ich das ›I‹ gemalt hatte. Und dann beim Abendessen hab ich nach dir gerufen, aber nur ein Flüstern herausgebracht. Ich habe es nicht geschafft, dass du mich richtig hörst.«

»Das warst DU!«, rief ich wieder. »Das warst die ganze Zeit du! Ich habe gedacht …«

»Gestern Nacht bin ich in deinen Anzug geschlüpft«, krächzte Ian. »Ich dachte, du könntest mich dann vielleicht besser sehen. Aber ich habe dich damit nur erschreckt.«

»Ian, es tut mir so Leid …«, begann ich.

Doch sein Blick ruhte bereits auf den fünf Geistern. »Ich bin hier, um dir jetzt zu helfen«, sagte er sanft. Und dann glitt er an mir vorbei und begann Schlittschuh zu laufen.

Die fünf Geister wollten zurückweichen. Sie legten die Köpfe in die Nacken und heulten brüllend. Ich hielt mir die Ohren zu. Das Brüllen klang wie von hundert aufgebrachten Löwen. Der Laut ließ die Bäume erzittern und schwanken.

Ian beugte sich vor und lief so schnell über das Eis, dass er nur noch als verschwommener blauer Fleck zu erkennen war. Seine Kufen schabten über das Eis, schnitten tief hinein.

Er fuhr in einem Kreis um die brüllenden Geister herum. Und dann noch mal.

Vor Vanessas und meinen verblüfften Augen schnitt Ian mit den Schlittschuhen einen tiefen Kreis ins Eis ein. Das kreisförmige Eisstück brach und glitt hinunter … und weiter hinunter … bis es unter Wasser plumpste.

Brüllend, heulend und zappelnd tauchten die Geister ins Wasser.

Es geschah alles ganz schnell. Das dunkle Wasser spritzte auf. Es war nur ein einziger Spritzer.

Und dann waren die Geister verschwunden. Das Brüllen, das Geheule – es brach abrupt ab.

Ich konnte den blauen Lichtschein unter dem Wasser sehen. Und dann stieg Dampf aus dem Loch auf, das Ian ins Eis geschnitten hatte. Der weiße Dampf schoss wie ein Geysir in die Höhe, wurde dichter und dichter. Breitete sich aus. Breitete sich über den ganzen See aus. Strömte über mich und Vanessa hinweg.

Dichter, alles erstickender Dampf. Heiß … brutzelnd über dem Eis … Als er sich verzog, blinzelte ich mehrmals und rieb mir die Augen. Ich blickte hinunter und sah, dass die Eisdecke sich wieder geschlossen hatte.

Die Geister waren verschwunden.

»Ian?«, rief ich. »Ian – bist du noch da?«

Nein.

Ian war ebenfalls verschwunden.

Die Nadelbäume standen riesig und still am Ufer. Zwei große Vögel kreisten über uns am Himmel. Und der Wind wehte Pulverschnee über das Eis.

Alles schien wieder normal. Total normal.

Vanessa und ich liefen ans Ufer zurück. Wenige Minuten später erreichten wir die Straße und marschierten weiter.

»Normal.« Wieder und wieder wiederholte ich in Gedanken dieses Wort. Wiederholte es, bis es eine Art Gebet wurde. Bitte – lass alles wieder normal sein!

Und so war es.

Scotts Haus stand, wie immer, neben meinem. Kein zerbrochenes Fenster. Keinerlei Anzeichen eines Feuers.

Als Vanessa und ich die Einfahrt hinaufrasten, rannten Scott, Ed und Justin gerade heraus. »Wohin wart ihr zwei denn verschwunden?«, wollte Scott wissen. »Was ist los mit euch?«

Scott erinnerte sich an nichts, was passiert war. Keiner von ihnen tat das. Ich flitzte auf den Dachboden. Dort war es dunkel und still. Kein Feuer. Keine Geister. Der Heuler stand auf dem Karton, wo ich ihn zurückgelassen hatte. Ich hob ihn hoch und untersuchte ihn. Nichts deutete darauf hin, dass er explodiert war.

Alle schienen es eilig zu haben, nach Hause zu kommen. Also sagten wir uns tschüss. Vanessa und ich tauschten Blicke. Wir waren die Einzigen, die sich an den Schrecken erinnern konnten. Die Einzigen, die wussten, dass wir alle nur um Haaresbreite überlebt hatten.

Ich ging mit dem Heuler nach Hause und verzog mich in mein Zimmer. Ich schwor mir, dass meine Abenteuer mit Geistern nun vorbei waren. Ich hatte Ian gesehen. Ian hatte mir verziehen. Und er hatte mir das Leben gerettet. Ich hoffte, er würde jetzt zur Ruhe kommen. Ich wickelte das Kabel um den Heuler. Das kleine Kästchen war gefährlich. Lebensgefährlich. Ich hatte vor, es im Keller wegzusperren, wo keiner es finden konnte.

Doch bevor ich aus meinem Zimmer laufen konnte, platzte Nick herein. »He, Depp ...«, begrüßte er mich. »Ist das da dein Gesicht oder bist du von einem Lastwagen angefahren worden?«

»Ha, ha«, murmelte ich. »Sehr witzig, wirklich.«

»Gib mir das«, sagte Nick und griff nach dem Heuler.

»Kommt nicht in Frage«, erwiderte ich und zog ihn schnell zurück.

»Nein. Gib ihn mir«, beharrte Nick. »Erinnerst du dich noch an den Streich, den ich dir damit gespielt habe? Wo du wie ein kleines Baby geschrien hast? Ich will denselben Streich ein paar Mädchen spielen, die ich kenne.«

Ich zögerte. Ich machte den Mund auf, um meinem Bruder zu erklären, wie gefährlich der Heuler sein konnte.

»Nun gib ihn schon her, Depp«, knurrte er. »Sonst schlage ich dich zu Brei.«

Danach konnte ich nicht mehr anders. Ich konnte ein breites Grinsen nicht unterdrücken.

»Na gut«, sagte ich und reichte Nick den Heuler. »Hier hast du ihn. Viel Spaß damit. Viel, viel Spaß!«

RUSELFIEBER GRUSELFIEBER
GRUSELFIEBER GRUSELFIEBE
ER GRUSELFIEBER GRUSELFIE
EBER GRUSELFIEBER GRUSEL
LFIEBER GRUSELFIEBER GRUS
SELFIEBER GRUSELFIEBER GR
RUSELFIEBER GRUSELFIEBER
GRUSELFIEBER GRUSELFIEB
ER GRUSELFIEBER GRUSELFI
EBER GRUSELFIEBER GRUSE
LFIEBER GRUSELFIEBER GRU
SELFIEBER GRUSELFIEBER G
RUSELFIEBER GRUSELFIEBER
GRUSELFIEBER GRUSELFIE
ER GRUSELFIEBER GRUSELF
EBER GRUSELFIEBER GRUSE